正好，望望星星

花儿越远，越觉得香

寂静的天空布满了雨声

她冻得肌肉和骨头都发了白,在月光映照下,仿佛是盖了一层霜

要装得傻里傻气、天真烂漫才够格儿

不知从什么时候起，我就半睡半醒地被软软地包在暖和的花儿里

本来就如雪一般,又用泓泓灵水涤净

您要是不那么累，就跟我这么说话吧。我寂寞得厉害

高野圣僧

[日] 泉镜花 著

文洁若 译

图书在版编目(CIP)数据

高野圣僧 /(日)泉镜花著;文洁若译. — 重庆:重庆出版社,2023.9
ISBN 978-7-229-17704-1

Ⅰ.①高… Ⅱ.①泉…②文… Ⅲ.①中篇小说－小说集－日本－现代②短篇小说－小说集－日本－现代 Ⅳ.①I313.45

中国版本图书馆CIP数据核字(2023)第106460号

高野圣僧
GAOYE SHENGSENG
[日]泉镜花　著　文洁若　译

出　　品：华章同人
出版监制：徐宪江　秦　琥
责任编辑：王昌凤
特约编辑：王　靓
营销编辑：史青苗　孟　闯
责任校对：刘小燕
责任印制：白　珂
装帧设计：Moeder Lin

重庆出版集团
重庆出版社出版

(重庆市南岸区南滨路162号1幢)

北京博海升彩色印刷有限公司　印刷
重庆出版集团图书发行有限公司　发行
邮购电话：010-85869375
全国新华书店经销
开本：889mm×1194mm　1/32　印张：10　字数：170千
2023年9月第1版　2023年9月第1次印刷
定价：45.00元
如有印装质量问题，请致电023-61520678

版权所有,侵权必究

目录

译本序	1
外科室	17
琵琶传	35
瞌睡看守	61
汤岛之恋	75
高野圣僧	227

译本序

日本新文学是在日本近代社会特定的历史条件下，在继承日本民族丰富多彩的文学遗产的基础上，吸收西方文学和中国古典文学的营养，随着日本整个国家的成长壮大而发展起来的。我们更熟悉夏目漱石、森鸥外、岛崎藤村、谷崎润一郎，相比之下，泉镜花在中国没那么知名，然而他死后近半个世纪以来，他的作品在日本却越来越受到重视。

日本近代短篇小说巨擘芥川龙之介说，泉镜花的"行文笔致兼备绚烂与苍古，几乎可以说是日本语所能达到的最高水平。……《镜花全集》（十五卷）不仅是明治大正文艺，而且是整个日本文艺所建造的巍峨的金字塔……为近代日本文艺史留下了最光彩陆离的一页"[1]。诺贝尔文学奖获得者川端康成曾写道："日本到处都是花的名胜，镜花的作品则是情趣的名胜。"[2]然而，至今中国读书界对他还是比较陌生。

泉镜花原名镜太郎，1873年生在日本美术古都金泽市。他的父亲泉清次是个手艺高超的黄金象牙雕工，母亲阿铃出生于一个能乐（日本的一种古典乐剧）演员家庭。镜花五岁

---

[1] 芥川龙之介：《〈镜花全集〉的特色》，见《芥川龙之介全集》第十四卷，岩波书店1955年版，第83页。
[2] 村松定孝：《近代日本文学系谱·古典的浪漫作家泉镜花》，东京社会思想社1980年版，第78页。

时就对母亲收藏的附有彩色插图的草双纸（江户时代盛行的通俗小说）产生兴趣，他最喜欢听母亲讲解里面的故事，因而自幼就受到日本传统文化的熏陶。他七岁上小学，在父亲的鼓励下，课余经常临摹草双纸上的插图。两年后，母亲不幸去世，年仅二十九岁。镜花的两个妹妹先后被过继出去。这种亲人的生离死别，使他小小年纪就怀有孤寂心情，养成了感伤的性格。十一岁入真爱学校（次年改称北陆英和学校），打下了坚实的英文基础。1887年辍学，投考金泽专门学校未第，一度入井波私塾。从此，出租书店就成了他的课堂。他借了许多小说来读，尤其喜欢尾崎红叶的作品。

　　1890年11月，他抱着当小说家的宏愿去东京，一心想拜尾崎为师，但是找不到门路。他过了将近一年的颠沛流离的生活，饱尝了下层人民的痛苦。次年10月，才辗转从亲戚那里弄到一封介绍信，前去拜访住在东京牛达区横寺町的尾崎，当上了尾崎家的门丁。他在尾崎家一直勾留到1895年2月，在这期间，他专心致志地学习写作，并读了上田秋成的《雨月物语》（1776）等神怪小说。他的处女作是《冠弥左卫门》，1893年5月起在《京都日出新闻》上连载，署名畠芋之助。这部作品有浓厚的惩善惩恶思想。父亲去世后，他一度回乡，因生活无着，曾产生过自杀的念头。他多次把作品寄给尾崎，经尾崎修改后才发表。尾崎对镜花的热心培

3

养，在日本文学史上被传为佳话。

泉镜花的中篇小说《义血侠血》于1894年11月在《读卖新闻》上连载。次年12月经川上音二郎改编成话剧《泷白丝》，在浅草驹形剧场首次公演，成为日本话剧界保留剧目之一，至今仍为广大观众所喜爱。

在文坛上奠定地位后，1896年泉镜花在东京定居。自1909年，先后结识夏目漱石、永井荷风、谷崎润一郎、久保田万太郎、水上泷太郎等作家，1920年开始与芥川龙之介往来。1927年5月，以镜花为核心，成立了谈论文学的九九九会。由于在文学方面功绩卓著，1937年6月被遴选为帝国艺术院会员。泉镜花在1939年7月发表了绝笔之作《缕红新草》，9月即去世，终年六十六岁。

泉镜花的作品，大部分是写男女之间的爱情悲剧，没有一部是以大团圆为结局的，其中以《义血侠血》中走江湖的女艺人水岛友和马车夫村越欣弥的遭遇最为感人。故事是这样的：水岛友劝欣弥赴京学法律，答应接济他学费。几年后，欣弥快学成了，阿友预支的一百元工钱却被飞刀师（一种流浪艺人，专门表演左一刀右一刀地往裸体女人身上飞刀子的惊险绝技）抢了去。阿友怕欣弥等钱用，急得拿起飞刀师丢下的刀子就抢了一对老夫妇一百元。老夫妇认出了她，她一时情急，为了灭口，就把他俩杀了。侦查当局凭着血迹斑斑的刀子逮捕了飞刀师。飞刀师招认抢了阿友的一百元，刀子也是他的，但不承认老夫妇是他杀害的。阿友则一口咬定飞刀师并没有抢她的钱，她身上的一百元是她原来预支的工钱。后来阿友和欣弥在法庭相遇。欣弥已做了代理检察官。他怀疑阿友是为了供他学费而犯的罪，但他为了忠于职守，仍要阿友如实招供。阿友出于对欣弥的爱，就彻底坦白了。欣弥把恩人作为杀人犯予以起诉。阿友被依法判处死刑。欣弥为了和恩人在来世结合，也用手枪自杀。

《义血侠血》跟泉镜花的另外一些作品一样，写一个人为了忠于职守，不得不作出牺牲。日本评论家奥野信太郎和村松定孝[1]均提出由《义血侠血》改编的《泷白丝》可能受到中国京剧《玉堂春》的影响。《玉堂春》以大团圆告终，基调是浪漫主义的，表现了中国古代人民的理想和愿望。但是泉镜花周围的生活是那么冷酷，不容许他去粉饰现实，他就为人物安排了一个悲惨的结局。欣弥人为地结束了人生的旅途，只能指望在来世和恩人相聚。

同一年，泉镜花在《太阳》杂志上发表《恋爱与婚姻》一文，指出："自古以来我国的婚姻都不是为了爱情，而是为了社会而缔结的。作为一个信奉儒教的国家，结婚是为了

---

[1] 村松定孝：《语言的炼金术师——泉镜花》，东京社会思想社1973年版，第102—110页。

延续后代……父母教导女儿要一味谦恭、贞淑、温柔,却并不教她懂得爱情……还告诉她,婚姻乃终身大事,好女不事二夫。女子奉命而嫁,太可怜了。"[1]

一个月后,他把自己对这个问题的想法用小说的形式表达出来。短篇小说《外科室》的女主人公是一位贵族小姐。她在公园里和一个医科大学学生一见钟情。他俩自然不能交谈,因为小姐不但由两个女伴陪着,前后还有两个男仆。九年后,医科学生已成了著名的外科大夫,但始终未娶;小姐则嫁给了一位伯爵,生了一女。由于命运的捉弄,伯爵陪着夫人到外科室来,请大夫给夫人动胸部手术。夫人说她心中有个隐秘,坚决不让给她上麻药。手术即将完成时,夫人突然抓住大夫执刀的手。大夫问:"痛吗?"夫人说:"不,因为是你……"夫人脉脉含情地望着大夫说:"但是,你……你……大概不认得我了!"大夫面色苍白,浑身发颤地说:"我没有忘记。"夫人猛地把手术刀往自己的胸部深处一戳,嫣然一笑,死在手术台上。大夫也于同一天自尽。

在充满儒教色彩的封建社会,养在深闺里的贵族小姐必须奉父母之命媒妁之言,嫁给门当户对的伯爵,爱情只能隐藏在内心深处。爱情越是被压抑,就越炽烈,以致甘愿在意

---

[1] 《泉镜花集》(《日本近代文学大系七》)补注,角川书店1979年版,第521页。

中人手下挨刀,最后还用那把手术刀殉情。这里包含着对封建婚姻的谴责。

泉镜花对受尽欺凌压迫的下层人民怀有深切同情,他在早期的中篇小说《贫民俱乐部》(1895)中塑造了一个浑身侠骨的女乞丐阿丹的形象。阿丹处处替穷哥们儿打抱不平,伸张正义。《瞌睡看守》(1899)则写一个老看守故意打瞌睡,好让囚犯们干活时能舒心一些,他知道这些囚犯十之八九是因穷得走投无路而犯罪的。

镜花关心被压在社会底层的艺伎的命运。在镜花的那些以惨遭蹂躏的艺伎生活为题材的作品中,写得最出色的要算是《汤岛之恋》(1899)了。作品原题《汤岛诣》,是到汤岛神社朝香之意。中文难以用三四个字来表达这种意境,故改译为《汤岛之恋》。这部中篇小说结构严谨,故事是围绕着神月梓和艺伎蝶吉之间曲折的爱情展开的,对话和叙述中不时夹以对往事的回忆,烘托出梓的内心矛盾。梓出身寒苦,母亲是艺伎。姐妹们用血汗钱供他念完大学。由于他长得英俊,学问又好,做了玉司子爵家的上门女婿。他的妻子龙子七岁就到法国留学,为人高傲,和梓格格不入。梓便从家里出走,与他贫穷时结识的蝶吉亲近起来。蝶吉才十九岁,出淤泥而不染,对梓一片痴情。然而梓又念念不忘自己的社会地位,对于要不要帮助蝶吉脱离苦海,始终犹豫不决。蝶吉终于精神失常了，不断喊叫神月梓的名字，说他就是她丈夫。警察因而把梓传了去。和梓有仇的一家小报记者也在场，梓料到他将会在报纸上恶意地散布自己的丑行，断送他的前程，于是，就拼命抱住蝶吉，一道跳进河里。两个人的坟紧紧地挨在一起。除了梓的生前好友外，做了寡妇的龙子也悄悄前来扫墓。她遇见他们后，苦苦哀求他们不要把此事告诉任何人。

1899年的新年宴会上，泉镜花和艺伎桃太郎结识，两人情投意合。《汤岛之恋》是当年12月出版的，在阿蝶身上，我们处处可以看到桃太郎的影子。桃太郎原名阿铃，恰好和镜花的亡母同名。镜花为她赎身，跟她同居。但是由于老师尾崎红叶坚决反对，镜花被迫同阿铃分手。直到尾崎于1903年去世，镜花才和阿铃正式结婚。

镜花的《妇系图》（1907）就是以这一事件为背景的。主人公早濑主税同艺伎阿茑相好，但是师父不同意他与阿茑结婚。师父的女儿钟情于主税，师父却又嫌他门第低，把女儿嫁给了医院的少东家。主税揭发少东家的隐私，迫使他和他的两个妹妹自尽。艺伎阿茑最后病死，主税也自杀身亡。

这两部长篇小说的宗旨是反对门第婚姻，反对社会上对艺伎的偏见与歧视。在现实生活中，镜花却与阿铃一道过了三十六年幸福的岁月，阿玲不但是镜花生活中的伴侣，也是创作上的伴侣,与阿玲结缡后,镜花的作品在艺术上臻于成熟。

泉镜花的代表作有中篇小说《高野圣僧》(1900)、《歌行灯》(1910)。《高野圣僧》是用第一人称写的,带有神话色彩。"我"在越前敦贺的旅店里听一个云游僧讲述他过去的一段经历。事后"我"才知道这位僧侣是六明寺的高僧,名叫宗朝。宗朝年轻时,有一次从飞驒出发,要到信州。他迷了路,遭到蛇的袭击,天黑后好容易才在深山里找到一座孤零零的茅屋。里面住着个白痴,还有他美貌的妻子和一个老汉。美女带宗朝到瀑布下去洗澡,回来后,老汉说:"你怎么原样回来啦?"事后宗朝才知道,凡是跟着美女去洗澡的男子,由于存心不良,回来的时候都变成了猴、马或其他鸟兽。奇禽怪兽围着茅屋叫了一宵,宗朝不断念诵《陀罗尼经》。第二天,宗朝又上了路,来到头天的瀑布那里。他踌躇不决,想折回去找那位美女。这当儿,那个老汉来了,告诉他,美女神通广大,昨晚的那些鸟兽都是她用妖术变的,这就是那些不安分的男子的下场。宗朝亏得佛法保佑,才保全了自己。

日本当代评论家吉田精一认为《高野圣僧》所描绘的境界,是泉镜花心目中的人生缩图。飞驒那爬满了蛇的崎岖山路,象征着苦难的历程。美人和白痴结为夫妻,代表着封建包办婚姻。那些淫荡的男子受到报应，统统变成畜生，虔诚的云游僧则得以幸免。虽然故事情节荒诞，但由于泉镜花的语言艺术已达到炉火纯青的地步，他用精练优美的词句来描绘皎洁明月下的溪流和瀑布、阴森恐怖的小茅屋、神秘的美女和鸟兽，创造出一种扑朔迷离的环境气氛，读起来既离奇又逼真。

加拿大的不列颠哥伦比亚大学教授鹤田欣也把《高野圣僧》和夏目漱石的《草枕》（1906，中译本改题《旅宿》）、川端康成的《雪国》（1935—1948）、安部公房的《砂女》（1962）相提并论，认为日本近代化的过程过于迅速，敏感的作家们有点不能接受，便创造了这样一个梦幻的世界。[1]

镜花笔下的妇女，大都是在封建残余的习惯势力下挣扎的弱小者，他对她们寄予同情，从而塑造了这样一个神通广大、任意摆布胡作非为的男人的女子形象。

《歌行灯》的背景是桑名的一家叫作"凑屋"的旅店。主人公恩地喜多八是个驰名的能乐演员。三年前，由于擅长谣曲的按摩宗山为人傲慢，喜多八狠狠地惩罚了他，宗山气愤而死。因此，喜多八的养父（叔叔）恩地源三郎将他逐出

1　国文学研究资料馆编：《彼方的文学·文学中的"彼方"》，明治书院1985年版。

家门，禁止他再表演谣曲。喜多八只得到处漂泊。有一天，他又来到桑名。当晚，两位颇有风趣的老人在"凑屋"旅店下榻，招来一个艺伎。艺伎说她不会拉三弦，却跳了一段《海人舞》。原来艺伎就是按摩宗山之女，名叫三重，舞蹈还是喜多八偶然教会她的。两位老人是恩地源三郎和当代首屈一指的鼓手边见秀之进。他们一看见三重的舞蹈，就知道是谁传授给她的。于是，源三郎吟唱，秀之进击鼓伴奏，叫三重再度表演了一番。喜多八正在小店里饮酒，被鼓声所吸引，来到"凑屋"门前。宗山的亡灵也闻声而至，喜多八把这个鬼魂压在自己身下，配合室内传来的曲调低吟。

《歌行灯》的结构很别致，写作手法上接近于日本谣曲。当天晚上发生的事和三年前的往事，交叉着展现在读者面前，情节是按照谣曲"序、破、急"的固定层次发展的。开头（序段）酝酿气氛，接着（破段）介绍情况，最后（急段）全文在迷离恍惚间进入高潮，旋即结束。

吉田精一认为，日本人应当以产生了泉镜花这样一位作家及《歌行灯》这样一部作品而引为自豪。[1]

我们还可以通过泉镜花的两篇小说来了解他的为人，以及他对不义的甲午战争的态度。

1　泉镜花：《歌行灯·高野圣僧》解说，新潮社1980年版，第249页。

自1868年明治维新以来，由于国内资本主义的发展，日本为强占朝鲜和发动侵略中国的战争，作了长期的准备。1894年爆发了中日甲午战争。当时，有些日本作家也跟着那股黑旋风转，鼓吹对外侵略，如德富芦花的长篇小说《不如归》（1898），国木田独步在报纸上连载的长篇报告文学《爱弟通信》（1895）等。泉镜花所持的立场则不同。甲午战争结束后不久，他在1896年1月发表了《海城发电》和《琵琶传》。《海城发电》的背景是中日甲午战争时期的中国海城。一个日本卫生兵在战争中做了中国军队的俘虏。在拘留期间，他发挥了自己的专长，救死扶伤，因而受到中国军队的表扬，给他奖状，并把他释放了。有个叫梨花的姑娘爱上了他，带病跑来找他，被一群在日本军队里打杂的军夫抓住。军夫的头子审问被放回来的卫生兵，说他一定有叛国行为，否则中国军队不会给他奖状。他坚决否认。头子便叫人把梨花带出来，当众将她强奸致死。大家走掉后，在场的唯一的英国记者马上给本国发了一封电报，电文如下：

　　日本军队里，有因完成红十字会的义务，由敌人赠予了感谢状，而成为卖国贼的；也有军夫出于敌忾心而逮住清国病妇，横加蹂躏，而成了爱国者。

这是多么尖锐的讽刺，饱含着多么伟大的正义感！这里我们既可以看到泉镜花对刚刚露头的军国主义的深恶痛绝，也可以看到他的正直是超出国界的。

在《琵琶传》中，正面人物是中日甲午战争中的逃兵，而作为武士道化身的军官则是反面人物。逃兵被枪决，军官则在开枪打死自己的妻子（逃兵的情妇）的同时，被她活活咬断喉咙而死，得到了应有的下场。

在举国上下陷入战争狂热的时期发表这样同日本侵略性的国策针锋相对的作品是需要很大勇气的。作者逝世后，岩波书店在1940年至1942年间出版的《镜花全集》里就未能收入这两篇，直到战后才重见天日。

明治维新以后，日本作家们在继承本国文学传统的基础上，开始从西方文学流派中汲取养分。二叶亭四迷的长篇小说《浮云》（1887—1890）就明显地受到俄国近代现实主义文学的影响。夏目漱石则是从英国文学研究家起步登上文坛的，他从西方文学中取得创作经验，写出了《我是猫》（1905）、《哥儿》（1906）等批判现实主义作品。明治维新的任务首先是日本的现代化，移植和吸收西欧的先进文化是十分自然的事，这些外来影响也丰富了日本作家的表现方法，有利于繁荣创作。

泉镜花不同于同时代的大多数作家之处在于，尽管他精通英文，对西方文学并非门外汉，但从他的作品中却几乎看不出西方文学的痕迹。除了日本传统，他还受到中国古典文学的影响。他的创作在形式上接近于江户时代的草双纸、净琉璃（创始于15世纪的一种用三弦伴奏的说唱曲艺）、谣曲、狂言以及中国的神怪小说。例如，日本评论家田中贡太郎就认为《高野圣僧》可能受到中国唐代小说《板桥三娘子》[1]的启发。正由于这样，有些评论家曾经认为泉镜花的作品形式陈旧，将它们列为倾向小说或观念小说。这种小说的特征是：第一，反映人生阴暗面；第二，露骨地表明作者的主观倾向。

战后，由于美国文化的泛滥，外来语剧增，日本语汇的混乱对文学创作产生了不利的影响，开始引起有识之士的忧虑。在这种形势下，泉镜花深深扎根于日本文学传统的作品越来越受到重视。村松定孝说，泉镜花"把日本近代文学所陷入的脱离传统的倾向认真地扭转过来，从而开拓出无与伦比的诗境。……他集日本古典传统于一身，开出灿烂的花来"[2]。

泉镜花不侧重心理分析和性格刻画，情节的发展是通过

---

[1] 李昉等编：《太平广记·卷二百八十六·幻术三》。写板桥店女店主给行人吃荞麦烧饼，将他们变成驴的故事。

[2] 《泉镜花集》（见《现代文豪名作全集》）解说，河出书房1955年版，第386页。

对话和行动来表现的。他的主要弱点在于视野不够开阔,在长篇小说《风流线》(1904)和《续风流线》(1905)中虽然写了工程师水上等人揭露伪善的富翁巨山,最后把巨山的宅邸放火烧掉的故事,但人物显得苍白无力,深度不够。作品中的主人公往往是孤独、绝望的爱情至上主义者,总是以失败、自杀告终。他们通常只陶醉在空想世界中,缺乏改变现实的魄力。

泉镜花的创作生涯长达四十六年,跨越明治、大正、昭和三个时代,是日本近代文学史上有一定影响的作家。综观泉镜花的一生,他早年家境贫困,对受压迫的下层人民深深寄予同情,痛恨那些骑在人民头上作威作福的黩武者以及剥削成性的资本家。他歌颂了人间真挚的爱情,谴责了束缚弱小的人们——尤其是妇女的封建道德观念。他一生所写的小说、戏剧、随笔不下五百篇,他的作品保持着优美的艺术风格、浓厚的浪漫主义气息,富有神韵和色彩,有些篇章深刻地反映了社会现实。芥川龙之介说他"为明治大正文艺开辟了浪漫主义大道,浓艳胜似巫山雨意,壮烈赛过易水风光"[1]。他笔下散发着奇光异彩,意趣纷呈,给读者以丰盛

---

[1] 芥川龙之介:《〈镜花全集〉(十五卷本)推荐文》,见《芥川龙之介全集》第十四卷,第46页。

的美感享受。日本著名作家芥川龙之介、里见弴、川端康成、石川淳等均在文体上受到过泉镜花的影响。[1]他那绮丽的风格至今仍有可借镜之处。

译者

---

[1] 《泉镜花集》解说,第395页。

外科室

上

那一天，医学士[1]高峰要在东京府的一座医院为贵船伯爵夫人动手术。我凭着自己是个画家这一有力的借口（其实是出于好奇心），逼着这位亲如手足的友人让我去参观。

当天上午九点多钟，我走出家门，乘上人力车赶到医院，径直走向外科室。只见那边有两三位秀丽的妇女推门步履轻盈地踱出来，在走廊当中和我擦身而过。她们的装扮，像是华族家里的贴身侍女。

只见她们簇拥着一个穿罩衣[2]的七八岁的小姑娘，转眼间就消失了踪影。从门厅通到外科室、从外科室通到二楼病房的长长的走廊里，还穿梭着身着大礼服的绅士、制服笔挺的武官、穿日本式礼装的人物，以及贵妇小姐等等，个个雍容华贵，不同寻常，或擦身而过，或凑在一起，或走或停。我想起刚刚在大门前面看到的几辆马车，心中亦自了然。他们有的沉痛，有的忧虑重重，有的慌里慌张，每个人的神色都很紧张。医院的顶棚蛮高。匆匆迈着小碎步的皮鞋声、草

---

1 明治十二年（1879），日本东京大学医学院第一次将医学士头衔授予毕业生，至明治二十年（1887），全国四万零三百多个医生中只有一千多名有此头衔，因而社会地位很高。
2 原文作"被布"，妇女或和尚穿的一种有双重立领的日本式外衣。

屐声，打破了寂静，异样地响彻在宽敞的屋宇和长长的走廊之间，愈益显出一派阴惨的气氛。

少顷，我走进了外科室。

这时医学士和我相互凝望，他唇边呈一丝笑意，交抱双臂坐在椅子上，脸稍微往上仰着。尽管马上就要动手术了，但这位肩负重任（几乎关系到我国整个上流社会的一喜一忧）的人，却冷静沉着，如赴晚宴般轻松，像他这样的恐属罕见。室内有助手三名，台下指导的医学博士一名，以及红十字的护士[1]五名。护士当中还有佩戴勋章的，估计是皇室所特赐。此外就没有女人了。还有一些公、侯、伯爵在场，都是病人的亲戚。病人的丈夫伯爵呈露着难以形容的表情，凄然而立。

外科室纤尘不染，明亮之至，中央坐落着手术台，不知怎的使人感到凛然不可侵犯。躺在上面的就是受到室内人们关切的注视，室外的人们为之忧心忡忡的伯爵夫人。她白装素裹，恍若陈尸。面色白皙，高高的鼻梁，尖下巴，四肢细得难耐绫罗。朱唇稍稍褪了色，微露白玉般的前齿，双目紧闭，柳眉略颦。松松束着的浓密的头发，从枕边一直披散到

---

[1] 红十字的护士指日本红十字会的护士。明治二十三年（1890），日本开始培养女护士。当时只有日本红十字会医院的护士，才在白帽上缀以红十字标记。

手术台上。

这位羸弱、高贵、纯洁而美丽的病人刚一映入眼帘，我就嗖的一下感到浑身发冷。

我无意中看了看医学士，他好像无动于衷，态度诚挚，泰然自若。室内唯有他一个人坐在椅子上。这种极端的沉着，固然让人觉得可靠，但我既然见到了伯爵夫人的病容，也就感到这位医学士有点过于冷静了。

这当儿，门被轻轻推开，有人悄没声儿地走了进来。这就是方才在走廊里遇见的三个女佣当中特别显眼的那个。

她悄悄地面向贵船伯爵，以低沉的声调说：

"老爷，小姐好容易不哭了，乖乖儿地待在另外那个房间里呢。"

伯爵默默地点了点头。

护士走到我们的医学士跟前，说了声：

"那么，请您……"

医学士回答道：

"好的。"

此刻传到我耳里的医学士的声音有点发颤。不知怎的，他的脸色倏地稍微变了。

我思忖道：不论本领多么大的医学士，面临紧要关头，也是会担心的。于是不禁感到同情。

护士明白了医学士的意思，点点头，对侍女说：

"那么，那件事就由你……"

侍女心领神会，挪到手术台跟前，将双手文雅地垂到膝边，安详地施了一礼：

"夫人，现在给您送药来，劳驾请您闻一闻，数一下伊吕波[1]或数一二三都行。"

伯爵夫人没有作声。

侍女战战兢兢地重复了一遍：

"您听见了吗？"

夫人只回答了一声"嗯"。

侍女叮问道：

"那么您同意了？"

"什么，麻醉药吗？"

"唉，说是您得睡一会儿，睡到做完手术的时候。"

夫人沉思片刻，清清楚楚地说：

"不，不闻。"

大家面面相觑。侍女劝谕般地说：

"夫人，那就做不了手术啦。"

"唔，做不了也没关系。"

---

[1] 伊吕波是日语假名（四十七个字母）中的头三个。

侍女无言以对，就回头窥伺伯爵的脸色。

伯爵向前走了几步，说：

"太太，你可别这么矫情，怎么能说做不了也没关系呢？你可不能任性啊。"

侯爵也从旁插嘴道：

"要是太矫情，就把小妞儿领来给妈妈看看。不赶快治好，怎么能行呢？"

"嗳。"

侍女从中周旋道：

"那么，您同意喽。"

夫人吃力地摇了摇头。一位护士温和地问道：

"您为什么那么讨厌闻药呢？一点儿也不难受，迷迷糊糊的，一会儿就完了。"

此刻夫人扬扬眉，歪了歪嘴，霎时好像痛苦不堪。她半睁着眼说：

"这样逼我，我也就没办法了。我心里有个秘密。我听说闻了麻醉药就会胡言乱语，所以害怕得厉害。要是不睡过去就治不了病，那我就用不着治好病了，算了吧。"

照伯爵夫人说来，她是生怕在梦中泄密，宁死也要守口如瓶。做丈夫的听了，心中作何感想呢？这样一句话，平素必定会惹起纠纷，可现在身为护理患者的人，不论任何事，都只好不闻不问了。何况夫人亲口坦率地断然说,她有不可告人的秘密,考虑到她的心情,就更不好多嘴了。

伯爵和蔼地说:

"连我都不能告诉吗,啊,太太?"

"是的,谁都不能告诉。"

夫人的态度是坚决的。

"就是闻了麻醉药,也不一定非说胡话不可呀。"

"不,我的心事这么重,准得说出来。"

"你又矫情了。"

"您饶了我吧。"

伯爵夫人斩钉截铁地说。她想侧过身去,但病身不由己,只听她咬得牙齿咯吱咯吱响。

在场的人当中,唯有医学士不动声色。方才他不知怎的曾一度失常,而今又沉着下来了。

侯爵愁眉苦脸地说:

"贵船,说什么也得把小妞儿带来,让夫人看看。孩子嘛,她总是疼的,见了就会回心转意吧。"

伯爵点点头说:

"喂,阿绫。"

侍女回头应道:

"唉。"

"喏，去把小姐领来。"

夫人情不自禁地阻拦道：

"阿绫，用不着领她来。为什么非得睡过去才能治病呢？"

护士无可奈何地微笑着说：

"要在您的胸口开刀，要是您动了，就有危险。"

"不，我一点儿也不动。不会动的，尽管开刀好了。"

这话说得太天真了，我不禁浑身发颤。今天的手术，恐怕没有人敢睁着眼睛看。

护士又说道：

"夫人，不管怎么说多少也会痛的呀，这跟剪指甲可不一样。"

这当儿夫人睁大了眼睛，神志似乎也清楚了，凛然说道：

"执刀的是高峰大夫吧？"

"是，他是外科主任。但是即便由高峰大夫动刀，也是要痛的。"

"不要紧的，不会痛的。"

台下指导的医学博士这时头一次开了腔：

"夫人，您的病情可没那么轻，还要割肉削骨哪。就请您忍耐一会儿吧。"

除非是关云长，谁忍受得了呢？然而夫人丝毫也没有吃惊的神色。

"这，我明白。但是一点儿也没关系。"

伯爵愁戚戚地说：

"看来是病情太重，有点儿糊涂了。"

侯爵从旁说道：

"总之，今天就算了吧。待会儿再慢慢说服她好了。"

医学博士看到伯爵毫无异议，众人也一致同意，便阻拦道：

"再耽误就不可救药了。说来说去，你们对病症就是不够重视，所以总是拖拖拉拉。照顾感情，那纯粹是姑息。护士，你们把病人稍稍按住。"

听了这声严厉的命令，五名护士一拥而上，围起夫人，想要按住她的四肢。她们的责任就是服从，仅仅服从医生的命令就行了，完全用不着考虑其他感情。

夫人以微弱的声音呼唤侍女：

"阿绫！来啊，哎呀！"

温柔的侍女慌忙搪开护士，颤巍巍地说：

"喏，等一等。夫人，请原谅。"

夫人脸色苍白，说道：

"说什么也不答应吗？那么，就是治好了病，我也要死掉。不要紧的，就这样开刀吧。"

她伸出白皙的手，费了很大劲才将前襟一点点松开，稍露出洁白如玉的胸脯，声色俱厉，断然地说：

"喏，杀死我也不痛。放心，一点儿也不会动的，开刀吧。"

夫人毕竟身份高贵，她那凛然的声色，威服四方，满堂屏息，异常静寂，连个咳嗽的人也没有。从方才起，像灰烬般纹丝不动的高峰，这时轻轻起身，离开了椅子。

"护士，手术刀。"

护士当中的一个，杏眼圆睁，犹豫不决地"哦"了一声。大家也都愕然，盯着医学士的脸。另一位护士微微打着哆嗦，拿起一把消过毒的手术刀，递给高峰。

医学士接过刀，脚步轻盈地径直走到手术台前。

护士战战兢兢地问道：

"大夫，这样行吗？"

"嗯，行吧。"

"那么，按住吧。"

医学士将手稍微一扬，轻轻阻拦道：

"不，用不着。"

说时迟，那时快，他已用手把病人的衣服撩开，让胸部袒露出来。夫人将双手交抱在肩上，一动也不动。

此刻，医学士像发誓一般，声调严肃，语重心长地说：

"夫人，我负责做好这次手术。"

高峰的风采一时显得异乎寻常地神圣不可侵犯。

夫人只答了一声"请"，她那苍白的双颊顿时涨红了。她直勾勾地盯着高峰，对逼到胸口的利刃，似乎视而不见。

只见鲜血从胸口里唰地淌出来，染红了白衣，犹如雪中红梅；夫人的神情未改，只是脸色愈益苍白；她果然镇静，连脚趾都未动一下。

医学士的动作始终迅如脱兔，麻利地割开了伯爵夫人的胸脯，众人自不用说，连那位医学博士都没有插嘴的余地。此刻，有打哆嗦的，有掩面的，有掉过身去的，也有低头的。我则失了神，几乎连心脏都冰凉了。

仅用三秒钟，手术刀就似乎顺利地割到了要害的骨头部分。

听说二十天来，夫人连翻身都感到困难，这时却从内心深处硬是发出一声"啊"，像机器一样猛地抬起上半身，双手牢牢地抓住高峰执刀的右臂。

"痛吗？"

"不，因为是你，因为是你。"

伯爵夫人说到这里，颓丧地仰着脸，以无比凄怆的神色最后凝眸看着这位名医道：

"但是，你……你……大概不认得我了！"

话音未落,她用一只手扶着高峰手里的刀,深深地刺透了乳房下面。医学士的脸色唰的一下变白了,浑身战栗着说:

"我没有忘记!"

他的声音,呼吸,身姿。他的声音,呼吸,身姿。伯爵夫人欣喜地泛着非常纯真的微笑,撒开高峰的手,突然倒在枕上了,只见嘴唇已变了色。

看他俩当时那副模样,周围仿佛无天地,无社会,恰似入了无人之境。

下

掐指算来,那是九年前的事了,高峰还是个医科大学的学生。一天,我和他在小石川植物园散步。那是五月五号,杜鹃花怒放。我们相互挽臂,在芳草之间穿出穿进,于苑林内绕池而行,观赏那盛开的藤花。

我们掉过身,想攀登杜鹃花覆盖下的山冈,正沿池踱步时,一群游客迎面而来。

打前锋的是身穿西服、头戴小礼帽、留胡子的汉子,中间是三位女子,同样装扮的另一个汉子跟在后面保驾。他俩是贵族的马车夫。中间的三位女子都打着很深的遮阳伞,和服下摆窸窣有声,款款而来。擦身而过时,高峰情不自禁地回头看了看。

"看见了吗？"

高峰点了点头：

"嗯。"

于是，我们攀山冈去看杜鹃花。杜鹃很美，然而它仅仅是颜色发红而已。

旁边的长椅上坐着两个商人装扮的年轻人。

"阿吉，今儿个咱俩可赶上了好事儿。"

"可不是嘛。偶尔也该听听你的。要是去逛浅草，而没到这儿来，哪里能够饱这个眼福呢！"

"三个人一个赛一个，分不清是桃[1]还是樱。"

"有一个好像梳的是圆髻[2]。"

"反正咱也高攀不起，管它是圆髻、束发[3]，还是赤熊[4]呢！"

"可是，照理她们应该是梳高岛田[5]的，为啥梳成了银

---

1 桃指桃割髻，是当时年轻姑娘所梳的发型。
2 圆髻是少妇常梳的一种椭圆形扁髻。
3 束发是明治十八年（1885）左右开始流行的西式发型。
4 赤熊指桃割髻，梳桃割髻时，为了使发髻蓬起，夹以白熊毛染成的红毛，故名。
5 指高岛田髻，原为诸侯家的侍女所梳的一种发髻高耸的发型。明治维新后，流行于年轻妇女之间。

杏[1]呢！"

"有点儿摸不着头脑吗？"

"嗯，是个不像样的打扮。"

"这是贵人出门，特地做得不显眼。喏，站在中间的那一位不是特别漂亮吗？另一个是替身[2]。"

"你看她穿的衣服是什么颜色的？"

"我看是淡紫色的。"

"哦，光是淡紫色，善于猜度的人是不能心满意足的，你还不是这样的呀！"

"太晃眼睛了，我不由得抬不起头来，只好往下看。"

"那么，就盯着腰带以下的部分喽？"

"缺德，别胡说八道啦，相逢何短云后阕[3]，唉，怪可惜的。"

"瞧她那走路的姿势，就像乘着彩霞飘然而去。今天我才算是头一次见到怎样才叫作举止端庄，迈步文雅。毕竟是出身不凡，自自然然就养成了高贵的习性。下等人怎样学也

---

1 银杏指银杏髻，江户时代末期开始流行的一种女子发型。
2 原文作"影武者"，日本封建时代，大将或诸侯出门时，总是随身带一个与自己穿同样服装的武士，以分散人们的注意力。此处指侍女。
3 引自紫式部所作和歌，全句是："若隐若现夜半月，相逢何短云后阕。"见《新古今集》。

学不来呀。"

"别说得那么夸张。"

"说实在的,你也知道,我曾对金毗罗[1]大神许愿,三年不逛北廓[2]。可是,许愿归许愿,我还是贴身挂上护符,半夜串土堤[3]。奇怪的倒是还没有遭报应。今天我可打定了主意。谁还稀罕那些丑婆娘。瞧,那边东一点、西一点,闪现着红红的玩意儿,那简直像垃圾,又像是蛆虫在蠕动。太没有意思啦。"

"你太苛刻啦。"

"我说的可是正经话。瞧,她们也有手,用脚站着,和服和外褂都是绉绸做的,打着同样的阳伞站在那儿,不折不扣是妇女,而且是年轻妇女。没错儿,是年轻妇女,可是跟刚才拜见的比起来,怎么样呢?灰不溜丢,怎么说好呢,脏透啦。那也同样算是女人呗,哼,听着都让人讨厌。"

"哎呀呀,越说越严重啦。真是这样。过去嘛,我只要看见一个稍微有点姿色的女人,就不安分起来。连你这个伙伴,我都没少给添麻烦。打从见了刚才那一位,我心里就舒畅了。不知怎的,痛快了,以后,再也不跟女人打交

---

1 金毗罗是保护航海安全的神,此处指今东京都港区芝琴平町的金毗罗神社。
2 北廓是当时的新吉原花街的别称,在浅草观音北边的日本堤附近。
3 土堤指靠近吉原游廓的日本堤。

道啦。"

"那么,你就一辈子娶不上啦。那位小姐不像是会主动开口要嫁给你这个源吉的呀。"

"那要遭报应,我可不敢想。"

"但她要是点名要嫁你,那怎么办?"

"说实在的,我就逃走。"

"你也逃吗?"

"嗯。你呢?"

"我也逃。"

两位年轻人你看看我,我看看你,一时默默无语。

"高峰,走一会儿吧。"

我和高峰一道起身,远远地离开了那对年轻人。这时高峰仿佛感触很深地说:

"啊,真正的美,竟如此令人感动。这正是你的拿手好戏,好好下点功夫吧。"

我是个画家,因而很受感动。我们步行数百步,遥遥地瞥见,高大的楠树郁郁葱葱的幽暗树荫下,那淡紫色下摆一晃而过。

走出植物园,只见有一对高头肥膘马站在那里,镶着毛玻璃的马车上,三个马夫在休息。打那以后,过了九年。直到发生医院那档子事为止,关于那个女子,高峰连对我都只字未提。论年龄，论地位，高峰都理应娶妻室了，然而却始终没有一个妻子来替他治理家庭。而且他比学生时代还要品行端正。其余的，我就不多说了。

他们两人是在同一天先后去世的，只不过分别埋葬在青山的墓地[1]和谷中的墓地[2]而已。

试问天下的宗教家，难道他们两人由于有罪恶而不得升天吗？

（1895年6月）

---

1 青山的墓地当时在赤坂区，现属于港区（系高级住宅区）。
2 谷中的墓地当时在下谷区，现属于台东区（系商业区）。

琵琶传

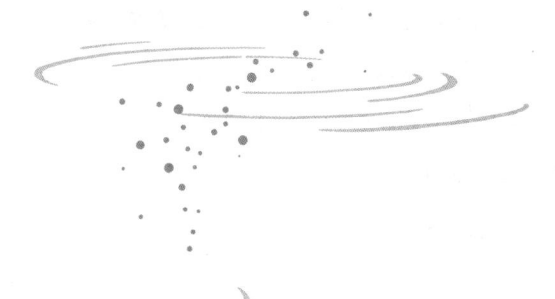

一

为了合卺，女傧相伴随新娘从客厅走到休息室，开门的时候，她偶然看了一下新娘的脸，不禁愕然。

新娘面无血色，情绪激动，摇摇欲倒。女傧相放心不下，一面捧着衣服跟在后面，一面悄悄地问道：

"您哪儿不舒服？"

新娘凄楚地回眸瞥了一下，只简短地说了声：

"什么？"

她仍专心致志地定睛看着一边，身子和头却没有移动，任凭女傧相替她脱下婚服，换上家常衣裳，扎起腰带，把前襟和下摆都整好理齐。

女傧相望到新妇的气色不同寻常，不明白个中底细，只是战战兢兢地说：

"请到这边来。"

新娘毫不踌躇，安详地沿着走廊踱去，旋即被引进洞房。

新郎官早在床铺上伫候着她了。他名叫近藤重隆，乃是陆军尉官。他们没有举行什么婚礼，只是让媒婆退出去，然后女傧相们也都走了。

一对新人在洞房里面面相觑。新娘僵直地端坐着，定睛望着丈夫的脸。她冷若冰霜，丝毫没有羞怯的样子。

尉官也绷紧了脸，抱着胳膊。两人相互打量了五分钟之久。做丈夫的终于嘎声叫道：

"阿通。"

看来这就是新娘的名字了。

新娘随即简短地应了一声：

"唉。"

尉官心里焦躁不堪，却勉强压抑着自己，用低沉有力的声调说：

"你肯嫁过来，难为你呀。"

阿通毫不迟疑地说：

"我这是迫于无奈。"

尉官沉默片刻，稍抬高声音问道：

"喂，谦三郎怎样啦？"

"他无病无灾。"

"你肯跟他分手，不容易呀。"

"我没有法子。"

"啊，怎么叫没有法子？"

阿通不搭腔，只从怀里掏出一封信，摊在丈夫面前，然后将双手端端正正地放在膝上。尉官伸出右手把座灯挪到身边，定睛读信。

信是这样写的：

阿通吾女：

余已将汝许配近藤重隆阁下。

据父所察，汝颇嫌恶彼，恐汝或有违迕，故直至临终之前未与汝谈及此事。

然既已相许，食言爽约，则愧对重隆阁下地下之先人。可怜吾女诚宜牺牲，缔此姻缘以全父名。父心如焚，苦不堪言。谨向汝谢罪，书此遗言。

          某月某日

          清川通知

尉官反复读了两三遍，郑重其事地说道：

"通，要知道我是你丈夫。"

阿通听罢，双手着席，叩头道：

"是的，我是您的妻子。"

此刻，尉官傲然俯视着伏在席上的阿通，问道：

"我的话，你准服从吧？"

阿通依然低着头，说：

"哼，您要是想叫我服从，就非得强迫我不可。"

尉官把眉毛一挑，道：

"唔，可是通，你既然嫁给了我，作为妻子，定能保持贞节吧？"

阿通仰起脸来凛然道："不，只要有机会，我就失节。"

尉官怒气冲天，声如裂帛，大喝道：

"什么！"

接着又重复了一遍适才的话。

阿通毫无怯色，泰然地说：

"对，我并没有非保守贞节不可的道理。只要有机会，我就失节！"她的半边脸上泛着微笑。

尉官马上点了点头。这一着，他早就料到了。他原在兴头上，被泼了冷水。于是就不动声色地说：

"哼，我非要你保持贞节不可。"

他的嘴角上浮着冷笑。

二

相本谦三郎孤零零地坐在清川家的书斋里。他茫然地望着屋子的一角，沉思细想。这间书斋的廊檐底下，挂着个精致的鸟笼，里面是一只纯白色的鹦鹉。它啄厌了食饵，怅然地望着谦三郎的背影，脑袋忽而朝左边歪歪，忽而朝右边斜斜。室内万籁俱寂，过了半晌，相貌清秀的谦三郎才把脸掉向鹦鹉，苦思冥想。他胆战心惊，怔忡不已，生怕让人听到似的朝鹦鹉叫了声：

"琵琶。"

琵琶想必是鹦鹉的名字。

谦三郎接着又低声打起呼哨来。鹦鹉顿时叫道：

"阿通！阿通！"

声音响彻深宅大院里的这间书斋，谦三郎愁眉不展，不禁热泪盈眶。

琵琶在清川家已养了好几年。它乖巧地帮助阿通和她的表哥谦三郎互通情款。阿通没有兄弟姐妹，在家里备受宠爱。在她嫁给近藤之前，当她在另外一个房间料理家务的时候，倘若谦三郎有事想见她，只要像刚才那样朝笼里的琵琶打那么一声呼哨，琵琶就会声音嘹亮地传话道：

"阿通！阿通！"

琵琶训练有素，只要它像现在这样扬声叫上两三遍，在深闺里娴雅地从事女红的那位姑娘便会丢开尺，撂下针，旋即来到谦三郎身旁，笑脸相迎。这已经习以为常了。

如今人去室空。谦三郎明知她已不在了，还是不由得日日夜夜一遍又一遍地多次徒然重复这个儿戏。

这时正赶上日本向清朝出兵[1]，政府对预备役军人发布了征召令。

1　指1894—1895年的中日甲午战争。

根据日本的征兵令，谦三郎作为预备役士兵，一星期前也被征召入伍。步兵旅开拔的前一天，军方体察到父兄亲戚朋友的心情，特准士兵离营一日。谦三郎父母双亡，是个孤儿，从小由舅妈抚养成人，别无其他亲属。他视舅妈如生母，一早就来相见。这一走不知几时才能重聚，依依惜别。夏季的白昼虽然漫长，彼此间却老是有说不完的话。归营的时刻快到了，谦三郎严严实实地扎紧戎装，将欲辞行，又踌躇不前。

他已走到门厅。想起书斋里还有一样东西忘记放进衣兜，就又独自折了回去。

舅妈和众婢女个个愁容满面，并排站在门厅里，伫候那位即将开往枪林弹雨中去的人。等了五分钟、十分钟，谦三郎仍没有从书斋里出来。大家正惦念着他，远远地从里屋传来鹦鹉的叫声。

"阿通！阿通！"

这声音舅妈本是听惯了的。此刻她也不知想到了什么，脸色唰地变白，匆匆奔向书斋。

谦三郎虽然命令琵琶喊出阿通的名字，意中人却杳无踪影。对这种情景他本已习以为常，可是想到自己明天即将奔赴战场，此后再也见不到姑娘的倩影，听不到她的声音了，尽管事先对此征途早有思想准备，仍不禁潸然泪下。

这当儿，廊子里传来脚步声。谦三郎怕人发现自己感情这么脆弱，随即站了起来。舅妈早已走了过来，蓦地打开鸟笼盖。

"哎呀！您这是干什么？"谦三郎赶紧问道。

舅妈头也不回，站在廊子里目送着琵琶。白色的鹦鹉在绿叶茂密处忽隐忽现，恰似丫杈间一抹残雪。茅蜩叫了一声，舅妈以手拭泪，安详地回过头来望望谦三郎。

"唉，我怕你有所留恋，不愿再让你听到那个声音了……"

这时，舅妈声泪俱下，说不下去了。

谦三郎面有愧色，没有作答，他把胸前的纽扣扣好。

"再见，我走啦。"他说着，大踏步走出了书斋。

舅妈在左边陪着他走，同时快嘴快舌地说。

"喏，刚才我说的，你准能办到吧？"

"什么？是您要我去见阿通的那档子事吗？"谦三郎停下了脚步。

"当然是喽。你这就要去打仗啦，还能有别的事吗？"

"这可不好办呀。离那儿有五里路呢。倘若是今天早晨，还能坐黄包车赶去，可是据说他们无论如何也不许我见她，我也就无心去了。现在动身可来不及，只剩半个钟头了，连回兵营都得紧赶慢赶。叨扰了这么久，真对不起。"

他话音未落，舅妈就急忙说道：

"你的话我都听见了，可是你也设身处地替我闺女想想吧。她被关在那么个穷乡僻壤里一年多了，连门都出不去。苟延残喘，一心一意只想找机会见你一面。可是你连个面也不照就走了，这不是要置她于死地吗？你也太不体谅人啦。"

舅妈拽住谦三郎的军衣，不肯松手。

谦三郎感到为难：

"您的话固然有理，可是现在去见她，就得开小差啦。"

"好，开就开吧。我心疼阿通，啊，求求你啦。"

舅妈一只手拽住军衣的袖子，另一只手给谦三郎拜了几拜，悲伤得什么也不顾了。

谦三郎脸色苍白，斩钉截铁地说：

"嗨，我豁出去啦，名誉什么的都在所不顾，可是这样就尽不到国民的义务了。"

他这番肺腑之言，舅妈又怎么听得进去呢？她只管摇头道：

"管它尽得到尽不到呢。只见她一面就成，拜托啦。求求你啦，去看她一趟吧。"

"这可叫我为难啦。"谦三郎依然推托着。

舅妈终于生了气，脸色都变了：

"啊，怎么说你都不听吗？剩下我一个人，你认为好欺负。倘若舅舅在世，你就不能说这种话了。喏，你一向口口声声都是怎么说的？不是净说漂亮话，念叨着要报答我养育之恩吗？我这样死乞白赖求你，你还不听，怎么说得过去呢？太过分啦，太过分啦。"

谦三郎无言以对，低下头沉吟片刻，然后抚摸着舅妈的背说：

"好的，我想方设法去见她一面吧。"

舅妈听了这句话，回过头，仰起脸来喜滋滋地看了看，发现谦三郎的脸色不同寻常，就担心地问：

"你怎么啦，没什么不舒服吧？"

谦三郎惨然微笑道：

"不要紧的，您不必挂念。"

三

阿通轻手轻脚踅出来，好容易悄悄来到门口，突然被人从背后叫住了：

"太太，您到哪儿去？"

阿通吃了一惊，却假装没听见，正要赶紧打开门锁的时候，有个老人一只手拿着烛台，奔了出来，另一只手猛然抓住她的腰带，把她拖回去。

老人头发银灰，脑门光秃，胡须稀稀疏疏的，板着面孔，煞是难以对付。他粗声申斥阿通道：

"您休想三更半夜里出去，死了这条心吧。只要我三原传内守在这里，就没空子可钻。什么也逃不过我的眼睛。我才不会放您出去呢。请到这边来，喂，请您到这边来呀。"

阿通表情严峻地回过头来说：

"放开我！我想出去一会儿，你管得着吗！放开呀，喂，放开！"

"不行，您想到大麻地里去跟他相会，那可办不到哇。乖乖地到这边来吧。"

阿通把肩膀一耸道：

"你打算把太太怎么着，别这么没上没下的！"

"什么太太不太太的。我只要严格地按照重隆老爷的吩咐去办，就万事大吉。您说的话，我只当耳旁风。"

"你也别太刻薄啦，做得太过分了吧？"

阿通说着，一双乌黑的明眸凝视着老汉的脸。

传内无动于衷地说：

"刻薄也好，缺德也好，都无所谓。只要严格地按照老爷的话去办，那就成了。"

阿通发现老汉是个吓不倒的人，就稍微缓和了些语气：

"可是，你瞧，总该有个恻隐之心嘛。你就想想看吧，自从前天晚上第一次叩门，到如今已经是整整三个晚上了。他一直藏在那边的大麻地里，连一粒米饭也没得吃。连房子里的蚊子和蚋都闹得这么厉害，他指不定给叮成什么样子了呢。他是个开了小差的人。你也知道，打今儿早晨起，也不知道来调查过多少遍啦。一旦给抓去了，不就完了吗？这有什么，就算是让我看一下他的脸，就算是看上一眼，三更半夜的，喏，像这样三更半夜的，老爷也绝不会知道呀。要是这个办不到，那就由你来出面也行，你也行啊。我私下里给他做了点吃的，你就偷偷地替我送给他吧。喏，求求你啦。他为了跟我见一面，受了这么大的罪，你替我设身处地想想，让我多么过意不去呀。哎，劳驾啦，我简直坐也不是，站也不是。拜托啦，替我送一趟吧。"

传内连连摇头：

"您说什么也不成，无论如何也办不到。正因为料到了这一着，老爷才花钱雇人看守着您哩。"

阿通哀求道：

"嗯，嗯，这我早就听说了……哎，怎么求你也不听，那么你就干脆把我的眼睛戳瞎了吧。这样也就用不着担心我会看到他的脸啦。"

"那怎么成！老爷还有话，要我好生伺候着，别让跳蚤咬了您。把两眼戳瞎了那还了得！您怎么说得出这么没边儿的话来呢？而且，您就是眼睛看不见了，也还能说话。老爷下了命令，不许您和任何男人见面或说话。您就死了这条心吧，说什么也不行。"

阿通心都要碎了，喊了声：

"哎！"

她浑身发颤，摇着两肩道：

"干……干脆把我杀了吧。"

传内泰然自若地说：

"喏，您怎么说这样不讲理的话？连跳蚤咬都不行，怎么能下手杀您呢？喏，别这么任性，到这边来吧。蚊子闹得真凶，没咬着您吗？"

"哎，哪里还顾得上蚊子咬不咬的。你也太缺德啦，缺德，缺德。"

"哪里的话，我可不像您说的那样缺德哩。侦探已经到咱们这里来了好多趟啦。我只要告诉他们：'是的，就在大麻地里。'那么那一位马上就给抓了去，我也用不着整夜不合眼，死死地看着您啦。而且还能领到一份奖赏哩。可是老爷并没命令我去告发人家，我就一口咬定不知道。另一方面，叫我做的事我要一丝不苟地做到。说什么也不能放您出去。我就是动武也不能让您去见他，您就死心吧。"

阿通哇的一声哭了起来。

传内蹙眉道：

"哎呀，怎么哭啦。这是从来没有的，您怎么啦？您初婚的晚上，不肯同床，从新房被赶到这里。如今已经过了一年多，连公猫都没抱过，一直被关在屋子里。派我看着您，连门槛也不叫您跨出一步。我体谅您的心情，看着您觉得怪难过的，几次三番想推掉。可是我老汉打祖父那一辈起就靠老爷家养活，如今已经是三辈了。叫我朝东，我不敢朝西，只好答应下来。我直嘀咕您会哭哭啼啼，我也得陪着少活几年。

"可是事情没有我想象的那么困难，跟您相处这些日子，您那么想得开，真叫我吃惊哩。也许是心理作用，我只觉得您好像越来越憔悴了，可总是正襟危坐，举止端庄，精神振作，我不禁佩服得五体投地。这里是乡下，连我这么个走到哪儿都找不到乐趣的老汉都觉得无聊，情绪不免消沉。您这位太太可真了不起，所谓面壁九年[1]，大彻大悟，我算是服了。可是突然又发生了这么一桩倒霉的事儿，从来没见您掉过一滴眼泪，如今却哭起来了。您心里的苦楚，我不是不明白，可还是老爷要紧。

---

[1] 据说达摩曾在中国少林寺面壁九年，未发一语。

"哎呀，这哪里像您平素的为人，就想开了吧。反正老爷有话在先，不管您怎么哭，也没用哇。"

老汉说得对。阿通在这座孤零零的房子里被关了一年多，从来没落过泪。不但嘴里没诉说过，连表情上也没流露过心中的痛苦。她仪态雍容大方，到了令人难以想象的地步，然而正如大磐石一旦倾侧，小石便纷纷滚动。意中人在大麻地里躲藏三昼夜，为了见她一面，粒米未入，反而果了蚊蚋之腹。意中人的这番困苦，连泰山也会为之撼动。阿通更是急得失魂落魄。

"你既然明白，就姑且睁一只眼，闭一只眼吧。"阿通什么也顾不得了，焦躁地扭动着身子。

传内丝毫也不把手放松：

"哎呀，怎么这么不听话，您这是怎么啦？"

阿通簌然泪下：

"啊，不听话就不听话吧。放开，放开，叫你放开嘛。"

"您要是说什么也不听，哼，我可就把您五花大绑，让您动也动弹不了。"传内大声喝道。

说来近藤对阿通真是毫不留情。为了让女人对他保持贞操，就得让她终身守空闺。他自己一分钟也不在身边，却还要使她好好守节，做个贞妇。他早就知道阿通对他嫌弃如蛇蝎，但他却像是鬼迷心窍，不断纠缠，终于破坏了阿通与谦三郎已经成熟了的恋爱，把阿通这个受难者据为己有。然而一旦他晓得了他们表兄妹间的恋爱多么深挚，就嫉妒不已。他摈弃了床笫之欢，新婚之夜不但未曾同衾，只把她幽禁在这间陋室里，派老汉看守着，而且连一次也没来看望过她。这时阿通被逼得无法，只好豁出命和传内硬拼一番，但她毕竟是个弱不禁风的女子，何况这些日子已愁得憔悴了，怎么能跟膂力过人的老汉较量呢？

老汉轻而易举地就把她拖进屋里，就势按倒在地。

阿通认清了，不论用什么办法也换取不到这个老汉的心。刚才过于激动，不免气馁，她颓唐地倒下来，气喘吁吁，悲切地说：

"老爷爷，给你添麻烦啦。原谅我吧，老爷爷。"

她不知如何是好，只好枕臂而卧，浑身软如棉花。

传内听了这句话，凹陷的两眼登时噙满泪水，往后挪挪身子，交抱双臂，紧握拳头，一声不响。远处响起钟声，夜已深沉，万籁俱寂。

此时，传来了轻轻的叩门声，有人喊了两声：

"阿通，阿通。"

话音未落，阿通翻身而起，腾地跪起一条腿。但是传内用眼神制止她，不许她答应。

门外，语声顿了半响，似乎在窥伺屋内动静：

"阿通，饶这么着还不让见，我只好认定门是不会开的了……"

声音上气不接下气地断断续续隔着门缝传进来，阿通端然而坐，两手着席，屏息倾听，后背微颤，乌发轻拂。

"说实在的，我原说是奉舅妈的命，只好跑了来。其实，是我想见你呀。"

刚说到这里，只听见两三只狗高声吠叫起来，似乎把谦三郎包围住了。接着传来了"嘘嘘"的轰狗声。

夜阑人静，连一丝风也没有，语声更加低沉，有气无力地诉说着：

"其实我是巴不得硬央求舅妈，让她安排我跟你见面的。所以请告诉舅妈，不论我遭遇到什么，请她千万不要心里过意不去。"

刚说到这里，就传来了咕咚一下撞在门上的声音。谦三郎旋即喊道：

"哎呀，好疼！"

是不是脚或手被狗的毒牙咬了呢？随后就悄无声息了。阿通心如刀割，不禁起身往外奔，可是瞥见膀大腰粗的传内仁候在那里，她的脸唰地吓白了，停下脚步。

传内听到门外的声音，又看到阿通这副情景，不知怎的突然起身来到门厅里，伸手摘下了门钩。

"哎，受……受……受不了啦。受不了啦。豁出去了，让你们见面吧！"

传内咯嗒一声拉开了大门。堵在门外的一只狗倏地溜掉了。

阿通跑了过来。传内用身子把她和谦三郎隔开。谦三郎跟跟跄跄地想闯进屋来，传内拦住他说：

"唔，你想进去，可没那么容易。只要老爷命令我三原传内在这里看守一天，连门槛儿你也休想迈。要是非进去不可，就杀了我吧。

"喏，痛痛快快下刀子吧。喂，还磨蹭什么？害相思害到你们这个地步，杀个把人算得了什么？我嘛，如果剖腹自杀，就对不起老爷啦。生怕对不起老爷，所以不能自杀。只要还有一口气，就得阻拦你们。你就把我这个碍事的家伙干掉吧！七十岁的老汉，有什么舍不得杀的。

"喏，来吧。嗨，别优柔寡断！"

老汉双手拉开前襟，挺起脖子，露出喉核。

谦三郎连眼睛也不眨，凝眸望了他一会儿，喊了声：

"饶恕我吧！"

话音未落，划破黑暗，刺刀亮光一闪，被白刃戳破喉咙的传内早已倒在地上。

谦三郎刚要进去，却被门槛绊倒了，匍匐在门厅里，爬不起来。

阿通如狂似痴,趴在谦三郎身上,念叨着:

"谦哥,谦哥,我想你想得好苦哇。"

她边说边抱着他的双肩,把他搂到自己的膝上。就在这当儿,传来了皮靴声、刀剑磕碰声。五六个人一窝蜂闯了进来,从阿通手里将昏迷不醒的谦三郎抢了去,不容分说地把他拖走了。阿通差点儿喊出一声:

"哎呀!"

她跳起身来,茫然站在那里,咬紧牙关,直着两眼,摇摇欲倒。这时有人扶着她的肩,攥住她的胳膊道:

"你等着瞧吧!可恶的家伙!"

此人正是阿通那郁闷愤怒的丈夫。自从新婚之夜以来,她连一次也没听到过他的声音。

四

谦三郎因临出征时开小差,并犯了杀人罪,当然被枪决了。

谦三郎死后,清川家他素日用的那间八铺席的书斋,依然如故。

入了晚秋,撤下凉席,铺上了漂亮的彩色毛毡,上面织着凸花纹，呈现着红叶烂漫的秋野。

壁龛上，插在花瓶里的花还挺鲜活，朝西的窗下的书桌也收拾得整整齐齐，砚盖上纤尘不染。桌前铺着坐垫，旁边的桐木火盆里放着一副乌金火筷子。一看，连炭火都生好了。

紫檀木方茶盘上扣着几只茶碗，还有个碟子，盛着点心。

桌上供着谦三郎的一张照片，屋子周围的纸隔扇都拉得严严实实的。秋天的黄昏本来就灰蒙蒙的，这下子室内的光线就更差了。四下里静悄悄的，逐渐昏暗下来。火盘上坐着一只铁壶，冒着水蒸气，开水滚沸，声音很轻。这时有人从那边拉开纸隔扇，一股风袭进来，把升腾的热气吹得摇曳不定。阴森森的书斋里随即出现了一张白皙的脸，招呼一声：

"谦哥。"

阿通衣裾窸窣地走了进来，砰的一声关严了纸隔扇，走到书斋中间，凄恻地往四周瞅了瞅，缩着脖儿，沮丧地站在那里。她的面容极为清癯。

不久，阿通在桐木火盆前落座。她躲开已故表哥的坐垫，有气无力地歪坐在一边。

"谦哥！"

阿通又低低地叫了一声。接着好像受了惊，缩着肩，低下头去。她悄悄地摸了一下铁壶，说道：

"啊，烧得滚开啦。"

她望到茶盘，将小茶壶的盖子打开，朝冰凉的壶内看了看，黯然神伤，说道：

"我给你沏茶好吗？"

阿通打住话头，定睛看着照片，泪如雨下。她心事重重，纹丝不动。

落叶唰的一声掠过纸窗，天色黑下来了。阿通的身姿若隐若现，终于笼罩在暮色苍茫中，一缕炭火微微摇曳。这时不知怎的听到了喊阿通的声音：

"阿通。"

紧接着又是一声：

"阿通。"

阿通从沉思默想中苏醒过来，猛地抬头朝声音传来的方向望去。

又重复了一遍：

"阿通。"

阿通心神不定地站起来，一步步地走到廊子里，又跨下院子，恍恍惚惚踱出那扇忘了关的后门，也不知道朝哪儿走去了。

阿通信步徜徉了不知道多少时候，忽然清醒过来，兀自纳闷道：

"哎呀，我这是到哪儿来了呢？"

她望了一眼，脸色唰地变白了。

这正是陆军所辖的坟地。

被枪决的谦三郎也埋葬在这里。

那个夜晚，阿通得到机会和谦三郎拥抱了一下，但是彼此还没好好见上一面，意中人就被抓走了。

当时阿通在精神上已经崩溃了，经医治，留得一口气，半死不活地拖了两个来月。有一天，重隆强迫她一道到近郊去散步。

他们爬上一座小山冈，忽然瞥见脚底下有块平地，方圆约一百平方米，尽头上竖着一个崭新的十字架。

阿通见此情景，不禁心惊肉跳。丈夫大概早有准备，叫勤务兵把带来的马扎子排好，硬把她扣留在那里，非叫她亲眼看到不可。

顷刻之间，山冈下发出踏步声，一支中队押着一名身穿囚服，用绳子捆着的人，出现在她眼前。阿通无意中看到那个囚犯，霎时她又斜睨了一下坐在右边的丈夫。丈夫曾说："你等着瞧吧！"指的就是这个了。阿通方才只看了一眼十字架，就已吓得浑身发抖，可是现在她完全换了个人。囚犯脸上被蒙上了布，射手接连开了三枪，随着砰砰枪声，从囚犯那咬得紧紧的唇间流出一道鲜血，又细又长，一直淌到胸前。阿通连眼睛都不眨一下，直勾勾地凝视着，端然而坐，宛如化成了石头。不单是手，连垂到腮帮子上的一两根短发都一动也不动。

执行枪决完毕，直到硝烟消散，尉官始终细细注视着阿通的一举一动。此刻他心旷神怡地捋捋胡须，半边脸上泛着微笑，说道：

"你随心所欲地去失节好了。"

阿通登时脸色苍白地说：

"事到如今，想失节也失不成了。可是我随时都可以去死，去寻死……"

尉官不等她说完，厉声喝道：

"混蛋！"

尉官看到阿通垂下头去，就说：

"勤务兵，把她送回家去。"

勤务兵吓得连站都站不起来了。直到阿通亲自催促，他才执行命令。

当天的悲剧就这样结束了。

阿通回家后，神色不改常态，绝没有忽而哭泣，忽而抱怨之举，有失尉官近藤夫人的身份。

尉官从来不许阿通回娘家，而今竟放她回去了。一回到母亲身边，似乎绷紧了的神经就松弛了。她变得孩子气十足，像婴儿般又哭又笑，有精神错乱的迹象。母亲不让女儿回到重隆身边，就这样一天天地拖下去，不觉过了一个多月。

谦三郎虽已去世，阿通却只当他至今还在书斋里一样，不论是清扫、揩拭、摆桌子、插鲜花，还是沏茶、端点心，都无非是无限思念故人而流露出的一片哀情。母亲体贴女儿的心境，尽管她的举动几乎像疯子一般，也不忍加以制止或阻拦。

五

叫唤阿通的想必是琵琶。阿通随着这声音徘徊着，不知不觉来到了坟地附近。仔细一看，坟墓显得还挺新。她回忆往事，一时百感交集，悔恨、怜惜、绝望、凄惨，任何一种感情都强烈得足以致命。尤其是重隆报仇心切，让她目睹意中人被枪杀的场面，当时真是难以抑制心头的怒火。她全靠坚强的意志硬是支撑着，竭力忍耐。如今这股积愤膨胀了几十倍，浑身的血液都为之沸腾。她面色苍白，皓齿紧紧咬着红唇，几乎把什么都忘记了。往芒草丛生的原野那边一看，出现了一个身材魁梧的人。

那个人走过坟地，忽然停住了，又大踏步走到谦三郎的坟前，抬起脚狠狠地踢了一下，呸地吐了口唾沫。阿通把这种旁若无人的举动看得一清二楚,气得怒火冲天,再也按捺不住了。

那人听到妇人跑过来的脚步声,就回过头来。原来不是别人,正是近藤重隆。

那天步兵旅放假,他刚刚上山打猎回来。两个人相距三十步,面面相觑。阿通当时的表情,不知道有多么凄厉呢。尉官不由得惊叫一声:

"你要杀我!要杀死我!"

说时迟,那时快,他浑身颤抖着,早把上了子弹的猎枪瞄准了她。

尉官轰隆一声开了枪,响彻云霄。阿通中弹的同时,尉官喊道:

"哎呀!"

他双手攥着阿通的发髻,一个人压在另一个人身上,足有十分钟之久。尉官终于没有再站起来,一束黑发一直留在他手里。阿通颤颤悠悠站了起来,她把丈夫的喉管咬断了,嘴上沾满了鲜血。她也顾不得拭血,朝谦三郎的坟墓挪动两三步,嘎哑地低喊一声:

"谦哥。"

她一歪身就倒了下去。

月亮惨白,山峦黛黑,有个白东西飞过天空,落在旁边的树枝上栖息。秋风萧瑟，掠过树叶。

琵琶叫了两三声："阿通，阿通。"琵琶连连叫着，回音缭绕。琵琶连连呼唤她的名儿。

（1896年1月）

瞌睡看守

一

这是一位看守对囚犯们讲的故事。

"不知是由于什么缘故，憨厚老实、勤勤恳恳干活的人，往往受穷。有一对夫妇，家里既没有衣柜碗橱，又没有棉被褥子，连火盆都没有，只好在瓦钵里装上灰，用松枝代替火箸，夹上点碎炭饼来笼火。

"已经五个月没交房租了，总管再也耐不住性子，终于决定撵他们搬家。总管说：'我知道你们没地方去，困难很大，可我吃的就是替东家收房租这碗饭，有什么办法呢？对不起，还是请你们走吧。你们欠了这么多钱，什么抵押也拿不出，未免说不过去。欠了千金，哪怕用一顶草帽来抵押也好嘛。我并不逼你们拿出没有的东西，不过，锅也好，稻草包也好，茶壶也好，你们的全部家当都得撂下。你们必须承认我的话在理，照我说的办。只要你们走掉了，不论是米店还是劈柴铺来讨债，都由我顶着。我告诉他们，这家人下落不明，不知搬到哪儿去了，并把他们统统赶走。这么一来，你们就可以赖掉债。谢天谢地，再也不会有人用绳索套住你们的脖子，扭送官府。你们一身轻，夫妻俩也好一道去挣钱。等你们发了迹，再把欠的房租还我也不迟。在这期间，不论在哪儿见面，咱们还是照样问寒问暖。"你好吗？""工作顺利吧？"也用不着吓得抹头就跑。过去的冤家变成了好朋友，我心里高兴，你们也痛快，双方都合适。真是大吉大利，可喜可贺，请你们好好庆祝一番，就动身走吧。这年头不好过啊，你们要是漫不经心，随便往下拖，轮到别的债主来收拾你们，可就不会有我这么好说话了。现在一切都由我一个人担下来啦，用不着你们操心。就乖乖儿给我腾房吧。'

"总管口若悬河，夫妻俩听得都发呆了。他们千恩万谢，反复念叨着：

"'唉，唉，谢谢您喽，多亏老爷发善心。'

"他们把瓦钵、碎炭饼、松枝火箸等破烂家什一股脑儿留在房里，傍晚走出大门，也不知该到哪儿去。从前把和尚赶出庙宇，还兴许让他捎上一把伞哩，夫妻俩却连双木屐也没有，趿拉着草屐匆匆走去。

"这夫妻俩除了一身破烂衣服，啥也没有。娘儿们怀里还抱着个吃奶的娃娃。娃娃有气无力，都哭不出声儿来了，只是嘤嘤抽搭着。而且当时天色越来越黑了，眼看就要闹天气。娘儿们心里着急，身上又冷，产后血虚，惨白的脸上一点儿血色也没有。小娘儿们长得可标致啦：手脚格外秀气，越发显得衣着邋遢；俊眼修眉，小嘴儿一抿，披散着乌发。

"这里叫原町，一家住户的木栅栏门上装着盏煤气灯，一下子点燃了，映出红光，逐渐暗淡下来，倏地灭了。她来到这个地方，无精打采地站着，累得微微喘气，两腿发软，差点儿栽倒在地上，赶紧抓住篱笆，颓丧地低下头去。丈夫呆呆地望着她，两口子都没吱声。

"以前这个男人走运的时候，有个小伙子得过他不少好处。五年不见，两个月前他们偶然碰到了。据说小伙子目前在这一带当花匠。

"这小伙子并没有忘记他，还招呼了声：

"'哎呀，老爷！'

"他绝不会像别人似的，看到老朋友倒了霉，见面就装作不认识，抹头就走。

"眼下没地方可投奔，丈夫想起这位花匠来，觉得只要求求他，总会照顾照顾，给出出主意，留他们过一宵吧。丈夫就硬拖着老婆到这儿来了——老婆一路上跌跌撞撞，石头把脚趾尖儿都碰疼了，哭丧着一张脸。但他只听说花匠叫'卯之'，连姓什么，门牌多少号都不知道。

"一路上，他们也到处打听来着，但是光提花匠卯之，大家都摸不着头脑。

"何况这一带全是深宅大院，每家的木栅栏门都伸到街上，卖豆腐的还得吹起喇叭叫卖呢，可难打听啦。

"男的说：

"'站在这儿也没办法,再到那边去找找吧。你就站在这儿等一会儿,用不着一道去。妇道人家,别累坏了。我去兜个圈子找一趟。'

"于是丈夫就让老婆站在那儿等,自己匆匆跑去。一拐弯儿,就不见了。这时哗啦哗啦下起雨来。天空黑压压的,这场秋雨透心儿凉,叫人发愁,看来要下个通宵。刚刚黄昏,周围已鸦雀无声,人们都静悄悄地待在家里。

"这个男人本来就胆小怕事,畏首畏尾,又碰上了这场雨,越发垂头丧气。他不敢大声问话,只是到处转悠了一通,回来的时候已淋得精湿。他四下里打量了一下,只见老婆还灰溜溜地站在黑暗的木栅栏门角落里等着他呢。

"男的跑得上气不接下气,他按了按胸脯,说:

"'好,好,不要紧,马上就会找到了,刚才差点儿就找着了。'

"说到这里,他漫无目标地拔腿就跑。

"可怜哪。男的觉得,都怪自己没能耐,才弄得老婆害着病流浪街头,深更半夜站在人家的房檐底下,没处避雨。他不忍心待在老婆身边眼睁睁地看着她受罪,所以宁可这么乱跑一气。做老婆的呢,如今落魄到这个地步,孤零零地冒雨待在这样黑魆魆、阴惨惨的地方,心里直发慌,巴不得丈夫留在自己身边。

"于是老婆说：

"'下这么大雨，要是没什么指望，就别去找了吧。'

"丈夫听了这话，再也憋不住了，哭了起来。

"他说：

"'你别把我看扁了，那人肯定就在这一带，很快就能找到的。求求你啦，再忍耐一会儿吧。'

"丈夫正要第三次跑出去的时候，老婆哀声说……"

二

看守刚讲到这儿，通到树林子的那条覆满落叶的小径上传来脚步声，于是他蓦地住了口。

"呀，是一片野地。"

"风景多好哇。"

两个学生沿着这条略微倾斜的小径大步流星地跑下来了。一个穿的是大学制服，手持拐杖；另一个头戴鸭舌帽，穿着厚厚的和服棉外褂。那个戴眼镜的，四下里看了看，说：

"哎呀，这水池是怎么回事？"

"水是紫色的哩，唔，简直像是油画一样。"

两个大学生快嘴快舌地唠叨着，旋即折回去了。因为出乎他们意料的是，在这里竟撞上了一群囚犯，有的背靠背，有的面对面，一个挨一个地坐在草地上，正歇晌呢。

三

大学生走了以后，看守接着又讲下去。

"哈哈哈哈哈，看到他们来了，我就闭上了嘴巴，可他们也知趣，自个儿走开了。倒不是学那个总管的说法，反正为人处世嘛，总得互相体谅一下才行。你们听的时候，可别忘了这一点。

"刚才正讲到那个老婆……

"她说了声：'对不起，我再也站不住了。'声音细得几乎叫人听不见，边说边抱着娃娃，脸朝上，蜷缩着脚，瘫倒在地上了。

"丈夫心想：这也怪不得她。已经有四五天没正经吃上饭了，又害着病，天气这么冷，还下着雨，怎么受得了呢？

"他心里吃不住劲儿，一声也吭不出来，逃也似的又溜走了。他无可奈何，只好强打起精神，寻思：这下说什么也得找到卯之住的地方。

"为了打听卯之住在哪儿，就又往前迈了几步，不巧走进了人家的院子，哎呀，可大祸临头了。他已经快急疯了，闹不清时刻，其实，已经下半夜了。这还了得！突然有人大声嚷：

"'抓贼呀！'

"他哇的一声就往外逃，又给狗包围住了。那些狗朝他汪汪地叫，恨不得把他撕成八瓣儿。他真抓了瞎，只好逃吧，可又分不出东南西北了。

"丈夫提心吊胆，蹑手蹑脚地悄悄走去。

"他抽冷子被玉米茬绊住了脚，吓了一大跳。身子晃晃悠悠的，心想：穿过田里走好不好？

"他六神无主，趔趔趄趄地走着，那副样子活像是喝得烂醉。周围连盏煤气灯也没有，只觉得仿佛是徘徊在六道[1]口上一般，是死是活都闹不清了。这时一脚踩到烂泥里，跪倒在地上，痛哭流涕。

"雨稍微小了一点，天空的一角云彩薄了，高处显得黑乎乎的，朦朦胧胧露出一颗星星，发出淡淡的光。

"这个男的抬头望望星星，拜了拜，颤悠悠地说：

"'谢……谢……谢谢啦！'

"可怜的人哪。

"——世上没有可投靠的人了，连明天的生活都没着

---

[1] 六道是佛教名词，也叫六趣。佛教把众生世界分为天、人、阿修罗、地狱、饿鬼、畜生六类，因各自的善恶业因不同，在六道中升沉异趣，轮回相续。

落，没法子，干脆死掉算啦。

"想到这里，这男人的心情才略微安定下来。可是这么来寻求安宁也不是办法，都是走投无路，逼出来的呀。

"——老婆与其落个喂狗的下场，还不如一道寻死呢。

"打定主意刚要起身，哦，腰都直不起来了！

"刚才拼死拼活地跑跑颠颠，倒还没觉得什么，其实这个男子跟他老婆一样，也一直没吃上饭，夫妻俩都累垮了啊。

"男的淋成落汤鸡，浑身泥泞，好歹挣扎着爬起来，摸着黑，深一脚浅一脚地回来一看，老婆还没断气呢。"

四

看守刚讲到这里，森林里蹦出一只猎狗，它蹿过田埂，纵身跳上通到幽暗的树林子的那道缓坡。一个七岁上下的村童正扛着一捆芒草，跟在狗后面走了过来。

接着又出现了一位狩猎的绅士，衣冠楚楚，一看到这幅情景，他马上把脸掉过去。村童也露出诧异的神色，盯着正吃午饭的囚犯们。绅士摸摸村童的头，莞尔一笑，说：

"小孩儿，你可得乖乖的呀。"

话音未落，绅士迈着大步径直走去。村童也尾随着绅士溜掉了。

五

　　看守略仰着头，笑容可掬。这是小阳春天气，日光温煦地照在他那和蔼可亲的脸上。他闭了一会儿眼睛，随后又安详地讲下去。

　　"说起来，这人虽然没出息，没能力，是个不成才的窝囊废，但总不能说他不可怜、不值得同情吧！要是他因为太穷，出于一时的冲动偷了东西，被扭送官府，我又怎么能把眼睛瞪得像铜铃那么大，狠狠地对待他，一会儿怪他歇了口气，可恶透顶，一会儿又说他不该蹲下，要他马上站起来，口口声声骂他混账王八蛋呢？

　　"我是吃这行饭的，一点儿办法也没有。但我总想睁一只眼闭一只眼，尽量让囚犯们干活干得轻松一些。这也是合情合理的嘛，你们说呢？

　　"所以我才老是这样打瞌睡。我不去动不动就吹胡子瞪眼，鸡蛋里挑骨头，你们也自在一些。我已经这把岁数啦，像这样的好天气，待在田里，就只当是乌龟晒壳吧。咱们是彼此彼此。

　　"现在再来说说刚才那个男人：他终于鬼迷心窍，偷了东西，蹲监狱了。

"由于无计可施,他准备只身去寻死,好说歹说,和老婆分了手,茫然走去,想找根合适的松枝来上吊。这当儿,他忽然看见了一瓶牛奶。可怜天下父母心,他登时转了个念头,想让娃娃喝上一口新鲜牛奶。那瓶牛奶摆在伸手就够得着的地方,这里面显然是有圈套的呀。

　　"这男人刚把那瓶奶抓到手里,就被送奶的逮住了。他正在低声下气地赔礼道歉,恰好警察走过来了。

　　"自从听了这档子事,我才成心打瞌睡的。你们总是问我为什么老打瞌睡,所以我就讲给你们听了。其实也没多大意思,我这么讲着话儿,都发困了。

　　"说实在的,并没偷什么了不起的东西。他偷的是清早送牛奶的放在主顾门上的一瓶牛奶。而且也没偷到手,真倒霉,刚要偷就……倒霉这个词儿用得不合适,不该替小偷说话。反正他运气不好,那阵子山冈地区[1]尽丢牛奶,有个送牛奶的叫佐吉,他故意把一瓶牛奶放在顺手的地方,自己就躲在角落里盯着。真是不凑巧呀……不过,这么说也许不合适。

　　"听说还有这么回事呢:当那个男人抱住他老婆的头,

---

[1] 山冈地区指旧东京市内知识分子、职员聚居的文京、新宿一带住宅区。因地势较高,故名。

哭哭啼啼地跟她商量要一道寻死的时候，尽管潦倒到这个地步，女人却刚强得很哩，她斩钉截铁地说：

"'决不干，我舍不得丢下娃娃。'

"做丈夫的恍然大悟。倒不是经老婆这么一说，他才知道心疼娃娃，但是老婆的话确实有道理。"

看守说到这里，啊的一声打了个哈欠：

"等巡逻的来了，你们可得把我喊醒。我是吃这行饭的，砸了饭碗可吃不消呀。你们替我留意一下，别露出什么破绽来才好。倒不是学总管的说法，咱们是彼此彼此。

"你们问我那个老婆后来怎样啦？哈哈哈哈哈。大家偏偏想打听女人的下场，可我就是不告诉你们。在这种景况下，这老婆会怎么行事，后来又怎么样了，你们自个儿琢磨去吧。

"你们要是真关心这档子事，那么就老老实实干活吧。政府是宽大的嘛，争取早一天回到社会上去吧。大伙儿要都这么肯干，我打着瞌睡也心安。老婆的事儿我全知道，可是故意不告诉你们。哈哈哈哈哈。"

看守笑而不答。他穿着制服，身材虽矮，却胖如一头象。这位看守又迷迷糊糊打起盹儿来了。

六

丽日当空,万里无瑕,辽阔的原野上,排列着一堆堆干草。天气暖洋洋的,已经过了晌午。蔚蓝的天空下,一群穿着赭红色囚衣、头戴竹笠的囚徒,在遍布白色枯草的田野上欣然干着活,小小池塘里是一泓紫汪汪的水,倒映着他们的身影。

(1899年)

汤岛之恋

红茶会

柳泽时一郎身材修长，穿着笔挺的制服。他沏了红茶替三个人斟在玻璃杯里，一边漫不经心地坐到一把大藤椅上，一边说：

"宿舍里嘛，什么都没有，请你喝杯红茶吧。愿意放多少糖就放多少。来，神月。"

他把戴着漂亮袖扣的一只胳膊悠然搭在藤椅扶手上，招呼道：

"篠冢，给客人拿糖来。"

"好的！"

干干脆脆地这么答应的，是剃成和尚头、身穿西服的篠冢某。他是个性情温顺的哲学家，和柳泽隔着一张桌子，面对面坐在藤椅上。他扭过身去，把手往后一伸，从放了杂书的书架上取下一瓶方糖，往坐在两人之间的英俊少年面前一放。

客人姓神月，名梓，是他们的同窗，一位文学士，个个都是不同凡响的人物。他温和地点头致意道：

"那么，就不客气啦。"

梓将柳泽给他沏在透明的淡红色小玻璃杯里的红茶挪到自己跟前。还有一个和哲学家并肩坐着的留了稀疏胡子的人。他身穿土布棉和服，小仓布[1]裙裤，把脱下来的带子很长的[2]绉绸外褂，里朝外搭在椅背上，一只手揣在裙裤兜里，静悄悄地读着书。

梓稍欠起身，探头问道：

"读什么书呢？"

留胡子的答应了一声"哦"，但他猛一抬头，不知道该向谁回答，只顾东张西望。

柳泽爽快地接过这个茬儿，说：

"若狭读的是历史。这位先生的专业是国史，埋头于研究工作，就连一点儿时间也不荒废。"

"真用功。"

神月说罢，点了点头。哲学家笑嘻嘻地斜睨了一眼那个人读着的书。柳泽扑哧一声笑道：

"何必那样恭维呢？历史毕竟是历史，也不容易呀。读点无名氏所著的《岩见武勇传》[3]，不是挺好吗？"

"研究得确实认真！"

哲学家说罢，仰起脖儿喝红茶。若狭大概听见了，边读

---

1 小仓是北九州市的一区，小仓布是这里出产的一种受学生欢迎的质地较硬的棉布。
2 当时的学生时兴穿带子又长又粗的和服外褂。
3 《岩见重太郎武勇传》的简称，是当时流行的通俗作品，主人公岩见重太郎是传说中的豪杰，周游列国，为父报仇，誉满天下。

边莞尔一笑。

"说不定可以当作什么资料吧。"

梓说着,拿起了玻璃杯。

柳泽斜倚着桌子,用小刀把儿戳着红茶里的方糖,说:

"当然喽。资料是会有的,正如篠冢从小政的净琉璃[1]里发现哲理一样。"

"胡说八道。"

梓插嘴道:

"可是你也说过,鸟店姑娘[2]的话有时带有诗意哩。"

三位推心置腹的朋友哄堂大笑。

这时有人从窗下的庭园里招呼道:

"真热闹呀,柳泽。"

柳泽离窗口最近,他猛地侧过身,掉头隔窗俯视,问道:

"是龙田吗?"

"有人来了吗?"

---

1 净琉璃是一种用三弦伴奏的说唱曲艺。小政指明治时代著名的净琉璃说唱女演员竹本小政。
2 鸟店指烹调鸟肉的餐馆。这里的姑娘指鸟店侍女。

"是根岸[1]的新华族[2]，进来吧。"

柳泽边说边在椅子上坐正了。

话音未落，有双手一下子就攀住了窗槛。也许以往练过器械体操，身子显得很轻捷，他把双肩向上一撑，在窗口就露出了一张神情爽朗的脸。他就是龙田，名字叫若吉。

他看着梓，含笑说道：

"饶了他吧，神月已经不是子爵啦。"

他交抱着胳膊，身子却依然贴在外墙上。

柳泽把椅子往后挪了挪，说：

"喏，进来吧。来得正好。我们刚刚在谈论神月的问题呢，谈的就是这档子事。现在休息，神月词穷，正盼着你来呢。他说要是龙田在场就好啦。"

龙田脸上充满了生气，没等听完，就纵身跳进来，站在两人当中，把手按在桌上，然后把耷拉下来的毛线围脖往后一甩，说：

"好，神月君，他们又搬出老一套理论来难为你了吗？"

接着又用亲昵的口吻说：

---

1 根岸在今东京都台东区。
2 旧华族是明治二年（1869）以后对旧大名、旧公卿所封的族称，地位在皇族之下，士族之上。明治十七年（1884），对明治维新的功臣分别授以公、侯、伯、子、男的爵位，叫作新华族，系有特权的社会身份，1947年废止。

"谢谢你盼我来。不要紧,这下子可以放心啦。你猜猜我上大学后为什么研究起法律来了?都是为了替好友神月辩护呀。你看怎么样?"

"请多多关照。"

梓边说边戏谑地低头致意。

龙田将萨摩碎白点花纹[1]外褂的带子勒紧,说道:

"来,比试比试。"

"又要调皮是不是!"

哲学家双手托下巴,仰起表情温和的脸,边凝眸看着若吉,边抚摸刚刚刮过胡子的痕迹。

"我知道个八九成。所谓问题,指的是神月从子爵家出走,离开夫人,关在谷中的庙里,经常到情妇那儿去。你们攻击的就是这个吧?"

柳泽直截了当地说道:

"当然喽。"

他随即叉开腿,将小刀咯嗒一声丢在碟子里,豁出去说道:

"不幸的是,结婚的第一天,也就是举行婚礼的那一

---

[1] 原文作"薩摩飛白",系原产于琉球群岛的一种蓝地碎白点花纹棉布,运到萨摩后转卖各地,故名。萨摩是日本旧国名,今鹿儿岛县西部。

天，神月和夫人之间就伤了感情。"

龙田以爽快的声调插嘴说：

"可不是嘛。"

"你也知道呀。我也听说了，觉得有道理。可是仔细一想，或许是神月不对。"

"不，怎么能怪他呢！他们从上野上了火车，正要出发去新婚旅行，还没听见到达赤羽的报站声，只见山下[1]的森林里亮光一闪。神月就无意之中说了声："啊呀，鬼火[2]飞过去了。'那里离谷中又近，他表达的是一种情感。于是，那个婆娘……"

哲学家又戏谑地打断他的话道：

"龙田，别当着老爷的面这么放肆。"

龙田回过头来说：

"请原谅。"

于是，"梓老爷"说道：

"不要紧的。"

龙田劲头十足地说：

"瞧，她多么狂妄，竟说：'不，那是流星，是陨

---

1 上野区的谷中台地地势较高，此处指台地脚下莺谷至日暮里的低洼地。
2 原文作"人魂"。谷中有墓地，夜间经常可以看到苍白色的火球在飘动，古时日本民间相信那是死人身上的灵魂。据说可能是磷火。

石。'光这么说，倒还可以饶恕。"

"那位玉司子爵夫人龙子，换句话说，就是神月的婆娘，一点儿也不讨人喜爱。高高的鼻子，锐利的眼睛，活像是《源氏物语》里的精灵[1]。她那傲慢、冷漠的脸上浮着冷笑，对我们的文学士表示轻蔑。神月怎么能不生气呢？"

"对，做丈夫的肯定很生气。他固然生气，你也得设身处地替夫人着想呀。不仅是那一次，神月的性格和行为，夫人见了该多么失望，你也得体谅体谅。当然，夫人的性格也未免走了极端，她过分看重世俗的名誉。但也不要忘了她享受着怎样的荣誉：她是个出类拔萃的人，被上流社会的贵妇人当作师长和大姐来敬重。她七岁就去法国，是由那边的学校培养出来的哩。"

"等一等，稍等一等。"龙田用手掌按住桌子，打断了他的话。

"等一下：对方是打七岁就在法国长大的，俺呢，是打

---

[1] 《源氏物语》里的精灵，指的是《夕颜》卷中的六条王妃。她嫉妒得宠于光源氏的夕颜，便变成精灵将其吓死。

六岁就在仲之町[1]长大的,不过眼下是在数寄屋町[2]。"

梓面带羞愧之色,阻拦道:

"龙田。"

哲学家插嘴道:

"没关系,你就让他说下去吧,反正大家都知道。怎么样?直到二十七岁的今天,她对言行举止都极为谨慎,像旭日东升一样博得了名誉。她把这名誉连同自己留学法国,并在日本所获得的全部学识,再加上子爵的财产、邸宅、庭园,以及十几个奴隶[3],一股脑儿都献给神月,做了他的妻子。假若她把这看成是恩典,那么咱们这位梓也完全具备般配她的条件。"

他又接着说:

"瞧,龙田又要搬出他的鼓笛[4]来啦,哈哈哈哈哈哈。"

"说话客气点儿,"龙田稍微瞪了哲学家一眼,"可不,搬出来又有什么不对。人家在巴黎吃面包、读《圣经》的时候,俺们可在下雪的早晨打着哆嗦被推到门外去练习吹

---

1 仲之町是吉原妓馆区的通衢大道,后文提到神月梓的情妇、女主人公蝶吉曾在这里受艺伎的训练。
2 数寄屋町在今台东区。它和汤岛同朋町都是自古以来著名的花街。
3 指婢仆,此处强调子爵家权势之大。
4 鼓笛指蝶吉。艺伎在宴会上陪客人喝酒,用鼓笛助兴。

横笛。老鸨连早饭也不给吃，说这样一来吹进去的气儿就足了。怎么受得了呢，每天早晨在冷天下练习笛子，其间，由于接不上气，常常就昏死过去。

"于是喷上凉水，等苏醒过来了，就每人发两个冻得硬邦邦的饭团子吃。回屋后就练三弦，紧接着又去练习伴奏。随后就练舞，挨舞蹈师父的揍。旧伤没好，身上又添了新伤。晚上呢，到酒宴上去伴奏，被年长的家伙[1]推得仰面摔倒。这下子又说那副样子太寒碜，再挨上几巴掌。这是为什么呢？原本生为同胞，一个呢，备受那些坐马车的留胡子的主儿尊重，另一个呢，只要是嫖客，哪怕是马骨头[2]，也得吹笛、跳舞来伺候。

"神月夹在两者当中，难道不该丢下那个来救这个？你们瞧，尤其她既无父母兄弟姐妹，又没有叔叔婶娘，她只有一张脸和四肢，以及裹在身上的绫罗锦绣，拉三弦，喝闷酒，表演舞蹈，这就是她生存的全部意义。你该怎样对待这个可怜的孤儿呢？这就看你有没有男子汉的义气啦。"

小伙子意气昂扬地结束了他的话。

柳泽冷漠地说：

---

1 年长的家伙指老一辈的艺伎，她们表演舞蹈或拉三弦时，由雏妓来伴奏。
2 日本俗语，用"马骨头"来挖苦来历不明的人。

"怎么能这么说呢,这样的义气,连消防队员都有哩。"

这当儿,听见了嘎嘎的响声,就像是湍急的瀑布被切成一截截地掉下来似的。这个声音是从校舍里边远远地发出来的,它从地板下面冲过去,传到外面。

从刚才起,文学士虽装出一副笑脸,神气却显得有点忧郁,几乎是呆呆地听着柳泽和龙田的议论。他听到这声音,似乎颇为激动,怔忡不安地问道:

"这是什么声音呀?"

梓心神不宁地茫然凝视着什么地方。柳泽盯着他的脸,问道:

"你忘记了吗,神月?"

"什么?"

"刚才的声音。那不是暖气吗?"

话音未落,从这座高高的砖造宿舍的二楼笔直地垂下去的铁质落水管响起来了,深沟里冒出一团白糊糊的水蒸气。室内越来越暖和了,朦朦胧胧的玻璃窗却使人感到傍晚该是冷得彻骨。

柳泽将一只拳头往桌上一撂,直直地对准神月说:

"所以嘛,你已经忘记了住宿舍时的事。你多少次交不起学费，几乎要休学。每一次她都体贴入微地给你汇款来，还附上一封法文信。神月，大家公认你是个出类拔萃、前途无量的人。但是，在关键时刻堆上金币成全你的学业的，普天之下除了目前的夫人，还有谁呢？

"这么说来，必须承认她不仅是恩人，还是你唯一的知己。且不说为了夫人的名誉和幸福，为了子爵[1]，单凭她是你的知己这一点，你的行为恐怕也有些不对吧。"

梓听罢，低下头一声不响，龙田却端正了姿势，正颜厉色地说：

"柳泽，我不在的时候，难道你竟用这些话来欺负梓君吗？可别这样。喏，等一等，且听我说。照你刚才的说法，那位婆娘就是凭着法文信和几笔学费买下神月的喽。那可不行。她能接济多少钱呢！左不过一两千块呗。加上利息还她，也不是那么困难，而且我的梓君也不是能用这么一点儿钱就给收买做女婿的人。他之所以终于同意做玉司家的继承人，就像你说的，是因为对方赏识他，待他不薄，使他感动了。

"但对方怎么会一开始就为了鬼火和流星的事而伤了神月的感情呢？

"总之，那位贵妇人就像是女子中学教科书的化身。一

---

[1] 此处指夫人的父亲。

旦对她说说夫妻之间的情话，她就头疼，并且说，生理上不可能有这样的事。这叫人怎么受得了呢！

"你告诉她，鲣鱼的脊骨部分好吃，比目鱼就得吃脊鳍，她就说，怎么，难道那部分最有营养吗？成天尽讲卫生，怎么受得了。什么教育啦，睡眠时间啦，再过一分钟午炮[1]就该响了，该吃午饭啦，开饭吧。哪怕丈夫患点流行性感冒，她也首先就质问医生，是不是传染性的。尽管她是贵妇人、学者、美人儿，年龄也比梓君大，但谁能容忍这样的老婆呢！"

"想想看，人家都说她有名誉，品格高，是上流社会妇女的典范。好听的名堂可多啦，可是骨子里她却是个追求虚荣的人。

"瞧，她刚刚跟神月结婚的时候，事先知道来龙去脉的报纸，登了消息，指出夫人早就爱上了神月。据说那个婆娘气得要命，说是毁了她的名誉，没脸见人啦。她拿神月君撒气，就像是神月君让报馆写的似的。哪里找得到虚荣心这么重的家伙呢，竟把爱丈夫当作天大的耻辱！多可恶呀！"

---

[1] 明治四年（1871）以来，每天正午曾于东京江户城堡内鸣空炮，昭和四年（1929）废止。

龙田厉声说到这里,气得白皙的脸涨得通红。

哲学家听得入了迷,兴高采烈地帮腔道:

"加油,加油!"

"岂只这样,数寄屋町[1]和神月君说得上是老天爷撮合的……

"首先,这就是他跟夫人起冲突的根本原因。神月是个虔诚的信徒,这是先天的——或者不如说是家庭带来的。[2]他住宿舍的时候,就经常参拜汤岛的天神庙[3],到子爵家之后,也每月必去。去年夏天,他一清早就去汤岛参拜。他打算击那个扁铃铛[4],正要在水钵里净手的时候,看守的小孩向他讨水钱。神月向怀里一掏,才发现忘了带钱包。他说以后给送来,但对方是孩子,怎么讲也讲不通。我们这位先生为人腼腆,飞红了脸,弄得手足无措。也怕是个什么缘分吧,这时恰来了个人,替他垫上了水钱,那就是现在的美人儿阿蝶。"

"明白啦。"

---

1 数寄屋町指蝶吉。艺伎常以住处代替本人的名字。
2 镜花的家乡金泽盛行佛教,他本人也受祖母和父亲的感化,相信神佛。
3 汤岛的天神庙在今东京都文京区汤岛三丁目。由于镜花的母亲出生于下谷,镜花喜欢离下谷很近的这座庙。庙的院内至今还有镜花的笔冢。
4 原文作"鳄口",垂在庙宇正面的扁圆形金属器皿,因下端开有细长的口子,状似鳄鱼的嘴,故名。前面悬一根布编的绳子,用以击响。

柳泽说罢，无可奈何地苦笑了一下。

神月难为情地说：

"行了吧，都怪我不好。喏，柳泽，龙田。"

"不，有什么不好？我完全赞成。说来说去，妻子对丈夫作了点贡献，竟拨拉算盘珠子来计算自己赔进了多少名誉、财产和技艺，再也没有比这更狂妄的啦。何况还要硬让丈夫感恩戴德，不能不说是无礼之极。

"然而阿蝶呢，过去吃了那么多苦——好好听着，一句话——她为神月受尽艰难困苦，几乎名震天下，可是她什么报酬也不图，只是一味巴望神月不要轻易丢掉她，别无所求，对这，你又作何感想呢？再加上她又一心一意地为神月而容。[1]男子汉理应把自己的名声和身体都献给她。什么名誉、财产、道义，无聊透顶，一文不值。"

"但是龙田啊，自从有了亚当和夏娃，世界上不仅仅是这一对男女，还有别人哪。比方说，神月和他那位美人儿……"

"当然，还有我哩。"

"也有我。"

哲学家屈身，把脸对准梓说：

---

[1] 此处引用司马迁的《报任安书》："士为知己者用，女为悦己者容。"

"还有我。"

"再加上你也没关系。倘若全是像诸位这样的，有多少个我也一点儿都不担心。"

梓说罢，愁眉苦脸地低下了头。

柳泽以谨慎的口吻劝诫道：

"因此，神月，你就克制一下感情，跟那位美人儿分手算啦。"

"什么呀，还是离开子爵家，在庙里租间房住下为好。我认为你只要丢掉了爵位和那个傲慢的婆娘，你的全部罪过就不但赎清了，还立了点功呢。管他什么债呢，都别还，一不高兴，就统统赖掉。要是受舆论的谴责，在日本待不下去，你们俩就到海外去旅行罢。要是还不行，就登天吧。于是出现了两颗美丽的星宿，天文学家看不懂，知情者却清清楚楚地看得出，那紫色或绿色的灿烂星宿在众星当中独放异彩。"

龙田说罢，仰起他那年轻英俊的脸，交抱着胳膊。褐色的毛线围脖头也松散下来了。

柳泽拍拍他的背，安详地说：

"江户儿[1]！你还是老样子，把事情看得太简单啦。神月本人比你明白得多，所以才那么担心。"

桌子上端，从两头拉起一根绳子，吊着电灯。柳泽边说边细心地解开灯伞上的绳扣，然后用一只手推开堆积如山的书，拿起水壶，高挑个子的他连皮鞋都没脱，腾地就上了桌子，像一座铜像一般直挺挺地站在上面。就这样，他还远远够不着天花板呢。狭窄的屋子里，五个人围着桌子，四壁摆满了书架，门口排列的是木屐箱，摆着一双双脱下的鞋，挂着外套和衣服。得排除这么多障碍才能出去，学士这才随机应变，抄桌子上这条近道的。三个人不解其意，吃惊地围着他，一齐仰起脸往高处看。弄得连那位国史专业的学士也只得暂时和岩见重太郎告别。

柳泽仍站在桌上说：

"喂，躲开行不行？"

"你要干什么？"

哲学家目瞪口呆，仿佛研究什么问题似的眉头紧蹙。

柳泽若无其事地说：

"我去打开水，把红茶换一换。"

---

[1] 江户儿指的是在江户（东京旧称）土生土长的人。这里是指龙田好打抱不平，容易感情用事。

"递给我，我去吧。"

哲学家说着，蓦地站起来。

"是吗？"

话音未落，柳泽翻身下了桌子，只听得皮鞋橐地响了一声，他麻利地站定了。横在桌上的那只电灯泡像浇上朱色似的骤然发红，倏地灭了，接着又变得白亮白亮的，并放出苍白色的光！

"正好，望望星星，"龙田若吉弯腰把头伸到桌子底下，又仰起脸，睁大了清亮的眼睛说，"就像这样。"

梓似乎不愿意让灯光照着他那神情羞愧的脸，就离开椅子，匆匆退到后面去。柳泽将长长的腿尽情地伸开，随后跷起二郎腿，仰卧下来，并抻开胳膊，双手托脖颈，凝眸看着那只电灯。

这当儿，国史专业的学士轻轻地拿起绳子，漫不经心地拴好，又让灯泡吊在空中。他把一只手揣在裙裤兜里，用另一只手按住红封面的书，就那样坐了下来，又读起《岩见武勇传》来了。

三两二分[1]

"住了,住了,刚好。"

一个商人[2]模样的小伙子抬头看看天色,停下步子。看看雨住了,就把折好抱在袖子底下的外褂掏出来,拎着领子甩了甩,穿到身上。这个汉子不仅爱惜这件外褂,不让它淋着雨,怀里还揣着另一样东西。那既不是大钱包,也不是抱去向人家讨奶吃的娃娃,而是一双整木剜的席面木屐。他并没有受尾上[3]的差遣,但这却是某位艺伎过年买给他的礼物,像护身符一样宝贵,半路赶上了雨,怕弄脏,就揣在怀里了。他本人就光着一双雪白的脚丫子。

除了商业区松寿司[4]的少东家源次郎,再也不会有这号人物了。

人家都说,消防队员的号衣有个帅劲儿,而老爷的印有

---

1 三两二分,旧币名,相当于三元五角日币。明治维新后已改用新币,作者故意把标题折成江户时代的旧币,以反映落后于时代的意识,陪衬前一章中的新思想。
2 原文作"町屋",即下町,指东京台东、千代田、中央区至隅田川以东的低注地区。当时住在这里的多半是商人和工匠。
3 净琉璃《加贺见山旧锦绘》一剧中,侯爷家的副女侍长尾上被人用草屐殴打,愤而决定自杀,并派使女阿初把遗书送回家。此处把这个小伙子的木屐比作阿初抱的匣子里装的那双草屐。
4 松寿司是东京的一家明治年间开的著名寿司店,至今尚存。

家徽的礼服很气派。可是阿源这个人没个准性儿，争女人时穿号衣，头上缠条毛巾。冒充俳句[1]师父时就穿印有家徽的礼服，叼烟卷儿。寻花问柳，比赛俳句，样样来得，把木屐揣在怀里这样的事也就不免会发生了。

且说，阿源虽然在昏暗的街上穿上了外褂，可是脚太脏，还是没有穿木屐，只是晃了晃身子，让木屐在怀里贴得牢一些。

"刚好，他妈的。"

他嘟囔了一句双关话，又大步流星地走起来。

他那张凹陷的脸活像假面具，眉毛稀疏，塌鼻梁。隔着度数较深的近视眼镜，他是怎样看待人世的呢？当他拐了弯，这张左近闻名的脸被第三家店铺——烤白薯店照亮时，有人从背后用苍老、粗哑的声音说：

"这不是源吗？喂，源哥儿！"

"谁呀？"

源次郎说着，把头一回，亮了个相[2]。

"是我。"

"呀。"

---

1 俳句是由五、七、五共十七字组成的短诗。
2 原文作"思入"，指歌舞伎剧里演员默默地用动作来表示某种情绪的一种做派。

"等一等。"

那个人迈着大步走过来。原来是个秃头老爷子,三尺带[1]系得低低的,耷拉在屁股上,还挂着两提烟袋[2]。

"头头。"

"啊。"

老爷子极为稳重地点了点头。这个被捧作头头的人是住在下谷西黑门町[3]的辰某。谁也不晓得他真正的姓名,干什么营生。他只是成天游逛,有时教给那些血气方刚的小伙子搬运号子;小伙子们成群结队地也不知道上哪儿去[4]。

头头朝着源那鼓鼓的胸脯瞥了一眼,问道:

"那是啥?"

"唔。"

"这不是木屐吗,不是木屐吗?别开玩笑啦,也不知你是咋给唬的,有那份工夫把这玩意儿往怀里揣,总来得及踹他一脚,再逃跑哇。你碰见的是啥呀,是狗,还是人?"

"没有打架。"

---

1 三尺带是当时的工匠们喜欢系的一种三尺长的布腰带。
2 也叫二提烟袋,在一根带子的两头分别系上烟管和装烟的口袋,挂在腰带上。
3 下谷西黑门町是今东京都台东区上野一丁目。
4 暗指他们到吉原花街去。

"是试刀杀人[1]吗？"

"别拿我开心啦。"

头头故意哈哈大笑着说："那么，是咋回事呀？"他似乎略有所悟，边说边皱起浓眉来。

源次好像什么也没理会到，只说了句：

"没啥特别的情况，绝不是打架这类事儿。"

头头心里有数，用严峻的口吻"哼"了一声。

源次看到他这么小题大做，好像忽然感到难为情起来。

"是这么回事，下起雨来了，要是溅上了泥，可就……"他又重新朝自己怀里打量了一下，"嘿嘿嘿嘿，是个不值钱的小东西。"

这时，头头恍然大悟地说：

"原来就是那个。阴错阳差，我还没缘拜见，可是源哥儿的木屐嘛，眼下名气可大啦，嗯，大得很哪。"

"没啥，不值钱的小东西。"

"胡扯，如今的艺伎，不凭草席来卜吉凶，倒想先学会

---

[1] 日本封建时代，武士为了试试刀剑快不快，夜间在街上出其不意地砍杀行人。这种事明治维新时期已不存在，此处是说着玩儿的。

用眼睛来掂量[1],而你竟让她多少掏了腰包,可了不起哩。喂,给我看一眼,喏,拜见一下。"

源次不由得用手按住胸部说:

"头头,是这个吗?"

"就是艺伎给你买的那个。"

"咳,这小玩意儿算啥。"

源次内心里固然高兴,却又有点羞怯。

"这有啥关系,给瞧瞧,给瞧瞧。先供上明灯,等一等。"

说到这里,他转过身去,大摇大摆地走进了左边的烤白薯店。这是家老店,跟前的座灯上用假名写着:

请速购香甜可口的川越[2]白薯。

下面是:

伏地烤白薯,俵藤助。

---

1 旧时艺伎为了祈求相好的嫖客早点上门,把头上插的簪子丢在房屋内铺的草席上来卜吉凶。用眼睛来掂量指的是先打量一下嫖客有没有钱,有钱就巴结。前者注重感情,后者看重金钱。
2 川越即今琦玉县川越市,盛产白薯。

头头大大咧咧地招呼道：

"大爷！"

破座灯映照着泥土地的店堂，从里屋传来的叽里咕噜的念书声突然停止，有人拉开旧纸门，问道：

"谁呀？"

那就是藤兵卫。他趴在那儿，胸脯底下摊开一本京传[1]的读本[2]，慢慢腾腾地摘下黄铜框眼镜，摆在正读着的书上，双肘挂席，手托腮帮子，挺着一张满是皱纹的脸。

"是我，哼，不是啥稀客。"

"哦，头头。"

"没啥事。大爷，让我使一使店堂，想借个灯。"

"啥呀？灯——你指的是那盏熏黑了的吊灯吗？"

"嗯，是呀。"

"那你还用得着客气。读啥情书吗？"

"不，是当票。你就别管啦。太冷啦，把门拉上吧。"

头头又朝大门外边说：

"源哥儿，进来呀。喂，你像抱着个石头地藏[3]似的站

---

[1] 京传即山东京传（1761—1816），江户时代后期的日本作家。
[2] 读本是情节曲折的传奇读物，《南总里见八犬传》的作者泷泽马琴（1767—1848）是这方面有代表性的作家。京传所著读本中最著名的是《复仇奇谈安积沼》。
[3] 地藏即佛教里的地藏菩萨。此处是揶揄他怀里揣着木屐。

在那儿发啥愣呀!别怵头怵脑的。"

从灶后面有人以沙哑的声音招呼道:

"头头,来烤烤火吧。"

"啊,干瘪了的刺青[1],近来艳福享得咋样?哈哈哈。"

"别开玩笑啦。刚添了把柴火,暖和着哪。"

"那可真阔气。"

头头转过身去,灶后头露出他那光溜溜的秃头。他又说:

"喂,到这边来呀。松寿司哥儿,进来呀。"

阿源给逼得只好踅过去说了声:

"借光。"

"请,请。"

那老妪虽已七十来岁了,却还是很殷勤。

"听着,老婆婆,你是穿着厚草履[2]在廊子里吧嗒吧嗒走的主儿。还有为情郎破费的呢,喏,你可没想到吧。奢侈极啦。喂,瞧呀,多考究!"

---

1 过去花街有个风俗,为了表示忠于对方,男女都在胳膊上刺以对方的名字和"命"字。这里是说,藤兵卫那个妓女出身的妻子已上了岁数,连胳膊上刺的"藤兵卫命"四个字都干瘪了。
2 当时的娼妓讲究在妓楼廊子里精神抖擞地走。据说让娼妓穿又厚又重的草履,兼有防止她们逃跑的用意。艺伎会拉三弦和舞蹈,地位略高于娼妓。此处指藤兵卫的妻子是没有技艺的娼妓出身。

头头把源次的私生子[1]一把夺下来，将其中的一只底朝上递了过去。那是用竖纹桐木制作的藤面木屐，趾绊是素花绸子做的。

　　他又把木屐翻过来，攥着趾绊，捏了捏：

　　"喏，这个。"

　　老婆婆双手扶膝，蹲在那儿呆望着，问道：

　　"咋的啦？"

　　头头用夸张的语气说：

　　"咋的啦？近来都弄得满城风雨啦。穿上这个去逛遍了五丁町[2]。你也知道吧，大阪屋那个包身艺伎[3]——就是前年的仁和加节[4]上装扮成武士[5]，征服了狒狒的那个。"

　　"蝶吉姐吗？"

　　"嗯，眼下在数寄屋町哪。那个野丫头，就喜欢出风头，天不怕地不怕。仁和加节那次，要耍竹刀，她说想正式学剑术，所以就请你家的老藤来教她。只是手下留了情，没让她吃苦头就是了。

1　私生子，指木屐。
2　五丁町指江户町、角町、京町、仲之町、伏见町等吉原妓院街。
3　原文作"抱妓"，是以卖艺来赎身的艺伎，地位低于自己独立经营的艺伎。
4　仁和加节是每年九、十月间在吉原花街举行的庆祝活动。艺伎们在彩车上表演歌舞，沿街转悠。
5　蝶吉所装扮的就是《岩见武勇传》中的岩见重太郎。

"这下子她身穿练剑衣，小仓布裙裤，戴上护面具，套着皮护手，提上竹刀，趿拉着朴木高齿木屐，天天到这儿来。学完了，就横冲直撞地沿着仲之町咯噔咯噔走回去。这里的这位风流小伙子也同样到处吹嘘，跟她怎么相好。

"说起来，那个淘气鬼前不久还骑竹马玩，要么就给学校的学生拖了去，在田地里打秋千。咋的，头一个就跟这位小伙子堕入了情海，说是'这是送给你过年的，可别告诉人'，就把这送给他了。多让人吃惊啊，就是这双木屐。"

头头说着，又把木屐翻过去。他叉开两条腿坐在灶前，用一只手抽出银制烟杆，往嘴里一衔，又从在腰间晃来晃去的袋中捻了些烟丝。

老婆婆仅仅"咦"了一声。正因为她早就认识那位蝶吉，所以她才把这个说是跟蝶吉"堕入了情海"的男子——源次郎那架着眼镜（哪怕把它摘掉也好哇）的鼻子的模样，同那只木屐来来回回打量了一番，露出纳闷的神色。

头头悠然喷着烟：

"多了不起呀，好吓人哪。说是多少钱来着？啊，怎样？嗯，好阔气。"

老婆婆原不想搭理他，但是他说得太邪乎，便也凑过脸去，边眨巴眼睛边说了句糊涂话：

"头头，眼下时兴这样的吗？"

头头听罢，用申斥般的口吻说：

"嗨，你那张嘴也曾舔过七家仓库的门[1]，咋这么说话呀？源哥儿啊，就得仗着年纪轻啊，可不能上岁数。这位老婆婆，老早以前在里边[2]的时候，叫作葛叶，可红得发紫哪。那是多少年前的事来着。"

"别说啦，怪寒碜的。"

老婆婆显出一副超脱的态度，和颜悦色地微微一笑，把眼睛掉过去。

"按老价钱[3]，差不多值二朱[4]吧。源哥儿，是多少来着？二两二分……"

"头头，是三块钱。"

源次说着，鼻子朝天，装腔作势。

"啊，三两二分吗？我也听说了还有二分这么个零头。是呀，三两二分嘛。哼，好阔气。比一个普通的棋盘还贵一点哩。相当于两间带格子门的房屋一个月的房租。了不起，好阔气。"

头头一边端详这木屐，可能是疏忽了吧，用木屐面磕打

---

1 意思是曾使大批嫖客倾家荡产。
2 里边指吉原花街。
3 老价钱指江户时代的价钱。
4 二朱相当于半分，二分相当于半两。

了一下烟灰。

源次慌忙说了句:"头头。啊,糟糕。"

"说起那位蝶吉嘛,可也真够大手大脚的。有一次嫖客带她到中植半[1]去。为了摆阔,把一只沉甸甸的钱包交给她拿着。她脾气犟,说:'多累赘呀,扔掉算啦。'嫖客没想到她会当真,就说:'好哇,丢到大川[2]里吧。'这下可遭了殃。他在仲店[3]买完了东西,向蝶吉要钱包,她说:'从桥上丢下去啦。'嫖客说声:'真的吗?'唰的一下脸都吓白了。也难怪呀,据说里面差不多装着两百块钱哪。

"所以嘛,破费这么一点也是完全可能的。"

老婆婆看到头头做出一副充其量不过是买上这么一双木屐的样子,马上就猜出其中必有缘故。她尽管上了岁数,可眼神儿还挺灵。

源次心神不宁,有点不踏实,他想溜掉,就装作羞答答的样子说:

"头头,行啦。"

---

[1] 当时有个叫半右卫门的花匠,在木母寺境内开了一家饭馆,叫奥植半。又在向岛须崎町开了个分店,叫中植半。
[2] 大川是流过东京都内的隅田川下游的别称。
[3] 仲店是从浅草的雷门穿到观音堂的一条商店街。

他迟迟疑疑地伸手想把木屐拿过来。头头闪开身，将木屐换在另一只手上拿着，说：

"别扭扭捏捏的，到了这个年龄了，还用得着害臊？咱们倒不是说对口相声，如果有人问你为啥回来得这么晚，你就说：'相好的扯住我不放呀。'就得有这样的胸襟。"

"别说这样无聊的话。"

"要不是这样，你咋能把这样的东西拿到长火盆[1]上去呢。听说前些日子你就把木屐脱了，走上去，塞到阿传家账房的格子[2]里去给人家看。"

风向鸦[3]稍转了转，刮来了一点北风。

"啊？"

头头转换了心情，恶狠狠地说：

"当时没把你揍一顿，就算你走运。"

源次提心吊胆地回答说：

"你说啥？"

"老婆婆，再添点柴火咋样？"

头头边说边往烟袋锅里塞进烟丝，摆好架势，准备干它

---

1 头头知道源次郎曾把这双木屐拿到朋友家的房间里去炫耀，所以这么说。日本风俗，让客人坐在火盆旁，边取暖边说话。
2 坐在账房里办事的人旁边，通常立着两扇折叠式矮格子。
3 风向鸦是把一块乌鸦状薄板钉在棍子上端做成，竖在房顶上用以辨别风向。

一场。他不动声色，若无其事地将一双木屐紧紧抓住。

源次见势不妙，想开溜。他伛偻着身子，用抓挠般的手势，伸出去又往回一缩，试图拿回来又失败，于是连眼神都变了，说：

"头头，这个，我还得赶路哪。"

"光着脚跑去呗，光着脚。这样好，路烂得很哩。"

源次又被挖苦了一通，于是搓着手说：

"我穿去。喏，我要穿，头头，对不起，请你……"

"还能不穿！木屐就是穿的，谁还能把它顶在脑袋上。但是，说不定有人就把它揣在怀里。喏，源哥儿。"

"我有点急事儿，得赶去。"

"赶到哪儿去？到哪儿？"

源次像是落荒而逃时一边用鞭子抽马屁股，一边咏和歌[1]一般故作镇静地说：

"嗬，就是那个，要去参加俳句会。"

"俳句会，啊，是吗？源，你的戒名[2]——不，俳名，叫啥、叫啥来着？等一等，你这号人，与其取俳名，不如取

---

1 日本平安时代中期的武将安倍贞任（1019—1062）败给源义家时，边逃边在马上咏了一首和歌。
2 戒名是佛教徒死后起的名字。

105

个戒名合适。我先给木屐举行火葬,引导[1]一番吧。"

"哎呀!"

"傻瓜!光着脚给我滚出去!"

通神[2]

穿过校园,快要走出弥生町的门[3]时,龙田仰望天空,说道:

"哎呀呀,天阴得厉害。神月君,那我就把你送到这里为止了。

"本来想一道散散步的,好像要下雨,我就回去了。议论归议论,也得考虑实际情况。那么,你就好好想想,可别轻举妄动。"

神月听着这位比自己年轻的朋友语重心长的话语,唯有点头而已。

"那么……"

"再见。"

---

1 引导即人死后,和尚读经,对亡灵指以西方大路。
2 指保护一路平安的道祖神。小说后面写到,蝶吉情情地在胳膊上刻了神月的"神"字。所以"通神"这个题是暗示神月到蝶吉那儿去。
3 弥生町的门是从现在的东京大学工学院通到文京区弥生二丁目的校门。

龙田说罢,从校门折回去了。他在黑暗中低声吟着诗[1],不一会儿就听不见了。

梓心事重重地徘徊了几步,随即掉转身往前走去。这时迎面来了个人,和他撞了个满怀。

那个人"唉"的一声把身子一闪,退后一步,觑着眼儿看了看神月,用嘲弄的口吻说:

"啊,是先生吗?"

这是松寿司的源次郎。不仅蝶吉送给他的那双几乎没沾过土的宝贝木屐被头头丢进烤白薯的灶里烧掉了,还挨了一顿骂,大失体面。头头像训斥一般告诉他蝶吉如何嫌弃他的话,这比听蝶吉本人讲还要令他伤心。而且把木屐的谜底[2]也揭穿了,弄得这位情郎忍无可忍,几乎气炸了肺。但是当那位豪杰一般凶恶的头头一把抓住他的前襟,吓得他屁也不敢放,正羞得难以自容的时候,被烟一熏,就像喝得烂醉的人似的跑了出来,神志迷乱,撞上了人。一看,那正是学士神月梓。哪一行的人懂哪一行的事,他追蝶吉,所以对蝶吉怎样追梓,也调查得一清二楚,连情敌的长相他也熟识。恋爱不分上下,仇恨也不分上下。源次正憋了一肚子气,就朝

---

[1] 当时的学生喜欢吟汉诗。
[2] 过去吉原花街有个习惯,当花魁(高级妓女)讨厌某个嫖客时,就把木屐摆出来,表示请他回去。蝶吉送源次木屐,不一定有这个意思,头头却故意这么说。

这位学士发泄出来。

他说道：

"哼，好个色鬼，你让她怀上了孕，逼她打了胎，这还不够吗！要是给衙门知道了试试，两个人都得去吃馊饭[1]。你要明白：我知道而不去告，是对你发慈悲。所以我要是撞上了你，你就得先道歉，再走过去。别把人看扁啦，要是捅明了，你这个学者也算是完蛋了，好个不成体统的色鬼。"

他像影子似的紧挨着学士沿着原路走了七八步，谩骂道：

"活该，色鬼，我倒要看看你这脸蛋子是蓝的还是红的。喂，火鸡文学士。"

话音未落，他已转过身跑掉了。学士好像走不动了，突然停下来，但他毕竟有涵养，觉得这是小人口出恶言而已，不值得理睬，所以连头都没回。

"下雨了吧。"

一看天空，乌云低垂，雨点打在脸上凉凉的，接着又是啪啪的两三滴。

"啊啊。"

---

[1] 原文作"泥を嚙る"，指坐牢。按当时，堕胎罪不涉及男方；这里源次郎故意用话恶心他。

他嘟囔着，就像怕被雨点打着似的东闪西闪地往前走。

起初只听见雨轻轻地打在檐沟上的声音，不久就噼噼啪啪地打在房瓦上了。

"真讨厌。"

眼看着雨下大了，哗的一声，又止住了，又哗的一声，再一次止住，这样反复了几次，随即唰地倾注在树叶上，寂静的天空布满了雨声。

神月已消失了踪影。

纪之国屋[1]

瓦斯灯的毛玻璃上写着御待合歌枕[2]字样。灯下，朦朦胧胧地出现了一个女人的上半身。神灯[3]的光照在背上，防雨和式外套的颜色格外鲜明。此人急步走到格子门外，缩着肩，在柳树底下猛地用双手撑开一把簇新的蓝蛇目伞[4]，站在那儿。身材苗条，姿势优美，只是脸被伞遮住了。细腰上

---

1 纪之国屋是歌舞伎演员泽村的堂名。这里指第四代演员泽村源之助（1858—1936）。
2 茶馆名。待合是嫖客和艺伎相会的茶馆。歌枕是古来和歌中所咏的名胜。
3 这里的神灯指的是为了祈求生意兴隆而挂在店堂上端的灯笼。
4 蛇目伞是元禄时代（1688—1703）开始流行的伞，上下是蓝黑或红色，中间是白色，撑开时，伞面上形成一个白圈。

紧紧地系着桃色绉绸腰带[1]。脚上是白布袜,小小的高木屐上套着宽宽的黑护皮[2],在花岗石上走了两三步,咯嗒咯嗒发出细碎的声音。头刚一离开房檐,就伸直了腰,仰望天空。

这里刚好停着一辆人力车。车夫坐在脚踏板上等着拉座儿。看着主顾来了,就站起来,赶快掀开漂亮的车帘。写有巳之屋字样,挂在车把上的灯笼,发出崭新的光[3],连透过蜡纸看到的灯笼架子,都干干净净。

"哎呀,没下呀。"

那个女人轻轻地收拢了伞,用一只手提着,刹那间露出了高鼻梁和端庄秀丽、细长的侧脸。她身轻如燕,欲迈过车把时,下摆紧紧的,没有散开。

"请到这边来。"

车夫说着,弯下腰,麻利地接过那把蓝蛇目伞。她正要上车的时候,传来了咯嗒咯嗒敲梆子的声音,柳树背后的黑墙前面,出现了两个用毛巾包着头和脸的人[4]。

"嘿,拣各位爱听的表演一两段尾上菊五郎[5]和泽村源

---

1 原文作"扱带",是用整幅料子捻成的腰带。
2 原文作"爪皮",也叫爪革,雨雪天套在木屐上,以免弄湿了脚。
3 意指蜡烛是新换的。
4 这两个人是说相声的,模仿歌舞伎演员的台词,沿街表演。
5 指第五代的尾上菊五郎(1844—1903),他是明治时代著名的歌舞伎演员。

之助。"

那个女人，听到这声音，就伫立在人力车后面了。

这当儿，板墙上边，二楼明亮的纸窗上出现了人影儿，酒馆的女佣拉开纸窗，来到走廊上。她隔着院内树梢招呼了一声。

"瞧着！"

一包钱腾空掠过墙头遮拦的钉子，啪的一声掉在两个人前边。[1]

"现在表演《鼠小纹春着新形》[2]。神田的与吉嘛，其实就是鼠小僧次郎吉[3]，他的情妇就是倾城松山[4]啊。"

稍顿一下，又说：

"镰仓山的大小名[5]，以和田北条[6]为首，还有佐佐木、

1　这是酒馆女佣替嫖客丢下的赏钱。
2　原题《鼠小纹东君新形》，是日本歌舞伎剧作家河竹新七（即河竹默阿弥，1816—1893）所作社会剧。第五代菊五郎于1819年演此剧时，把标题改为《鼠小纹春着新雏形》。这里把两个标题混在一起。
3　鼠小僧次郎吉是剧中主角，他是江户时代专门劫富济贫的义贼，1832年被处死。
4　倾城松山是大黑屋的妓女，次郎吉的情妇。其实第四代源之助并没演过这个角色。
5　大名是江户时代俸禄在一万石大米以上的诸侯，小名是不满一万石的诸侯。剧本中把鼠小写成镰仓时代（1185—1333）的人，所以有镰仓山的说法。
6　和田指出生于相模国三浦郡和田的和田义盛，北条指出生于伊豆国北条的北条时政。他们都是支持源赖朝的武将。

梶原、千叶、三浦[1]这些名家。当时的一蘬别当[2]工藤家呢，去了两三次。顺利的时候能捞到一千两千，少的时候也能有个一二百，从来没扑过空儿。可是另一方面呢，我又把偷来的钱送到穷得出了名的曾我那一带去。虽然做坏事，可又讲义气，说得上是个土头土脑的贼。不知道倒也罢了，一旦知道了我的身份，你不会嫌弃吗？"

"我咋会嫌弃呢？人嘛，各有所好。我从小不喜欢被人叫作小姐。与其梳那抹油高髻[3]，宁愿梳扁岛田[4]，与其穿带字的贵府花样[5]的衣服，我宁愿穿粗布棉袍儿。与其被人叫作少奶奶、太太，宁愿被叫作娘们儿、婆娘。所以才丢下爹娘，被断绝了关系，成了你的老婆。不论发生啥事，我咋能嫌弃你呢！"

---

1 佐佐木指出生于近江国蒲生郡的佐佐木高纲，梶原指出生于相模国镰仓郡的梶原景时，千叶指出生于下总国千叶郡的千叶常胤，三浦指出生于相模国三浦郡的三浦介义澄。他们都是支持源赖朝的豪族。
2 一蘬别当是镰仓幕府时的官名。值班的首位称一蘬，武士所、公文所的长官称别当。
3 高髻，大约指的是文金高岛田髻。这是诸侯家的侍女或良家小姐所梳发型，把根部梳得很高。
4 扁岛田是商家妇女或艺伎所梳的发型，根部梳得低低的，像压扁了似的，故名。
5 原文作"御殿模样"，御殿是对诸侯的尊称。当时只有诸侯家的侍女准许穿满是花鸟图案的衣服，而在这种图案上再加以文字花样或小鹿花纹的衣服，则只有诸侯的妻妾才可以穿。

菊[1]:"那么,你明知我是贼,也不嫌弃?"

源:"跟你在一起,好比俗话所说'性格相似成夫妻'。"

菊:"甘当夜盗的老婆?"

源:"好像是同趁旅客睡觉时进行偷窃的贼在一起。"

菊:"你既有此等度量,哪怕明白事发遭绳绑。"

源:"哪管被衙门押赴刑场。"

菊:"倏尔双双骑光背驹儿。"

源:"齐死双枪[2]下,冥府两不寓。"

菊:"两相离不开,留在招子[3]上。"

源:"曝尸野地里。"

菊:"布告街头立[4]。"

源:"想来命无常。"

这时,从昏暗的巷子后边,想不到传来了年轻清脆的声音:

"纪之国屋[5]!"

---

1 按照当时流行的台本的做法,这两个人的台词,不是写在角色的名字下,而是写在演员的名字下。
2 双枪是过去施刑用的刑具,将犯人绑在柱上,用枪戳两胁。
3 把犯人押送刑场时,狱吏举着写上罪状的招子,走在前面。
4 处决犯人后,在布告牌上写其罪状,竖在街头,三十天后方撤掉。
5 在剧场里表演歌舞伎的时候,捧场的观众经常喊演员的堂名。

"呵呵呵呵呵呵。"那个女人爽朗而天真地笑了笑,又漫然以兴奋的高声喊道,"纪之国屋!"

她大概醉了,晃晃悠悠地站在相声演员背后说:

"真高兴。"

她冒冒失失地拍了一下其中一个人的肩膀。那人吃了一惊,默默地发着愣。女人又稚气地笑道:

"呵呵呵呵呵。"

在二楼倚栏而立的那位女佣不禁起劲儿地喊道:

"哎呀!是蝶姐!"

阿蝶仰起头来说:

"晚上好!"

"神月先生来啦,他来啦。"

女佣说罢,消失在纸窗后面。

那两个说相声的吓糊涂了,大概慌得弄错了人,反而向站在背后的人[1]道了谢:

"嘿,谢谢您啦。"

然后,一个说"喏",一个应了声"哦",转身而去。

女的连头也没回,想从柳树下穿过去,一歪身,踉跄了一下。

---

1 指蝶吉。钱是楼上的客人给的,他们却向蝶吉道谢。

方才那个妇女在门口招呼她道：

"蝶姐！"

"唉。"

"当心点儿！"

"是才姐[1]吗？"

"好开心哪。"

那个妇女轻盈地上了车，同时车把也被抬了起来。妇女从车上说：

"再见。"

蝶吉用纤纤手指敲着轻轻垂下来的柳枝梢，念道：

"喳喳喳哧喀哧哧噔噔。"[2]

阿才在车上"噢"了一声，假装不去看，却又瞥了一眼，然后侧过脸去。车夫蓦地将车把掉转方向。一盏写着招牌的灯笼，就像流星一样沿着黑夜笼罩下的小巷疾驰而去。

她边低声哼着"喳喳喳哧喀哧哧"，边哗啦一声拉开格子门。

刚才在栏杆上出现的那个女佣，此刻拉开了里屋的纸门，迅速迎出来说：

---

1 作者没有交代才姐的身份，后面也提到此人，大概是比蝶吉资格老一点的艺伎。
2 这是模仿歌舞伎中车子沿着花道前来时，舞台上发出的笛鼓伴奏声。

"你来啦。"

账房的灯光和神灯光,把下谷数寄屋町大和屋的蝶吉那美丽的姿容映照出来。

她腰上系的是昼夜带[1],正面是深蓝的彩缎,用金线织出乱菊花样,反面是黑缎子。瀑布条纹[2]的绉绸和服,下摆是褐色的。套穿两件同样的和服[3],里面是印染了红叶和轮形花纹[4]的友禅[5]长衬衫,配以大红里子,还有一条黑地上染着白色铃铛花的挂领。

刚刚洗过的扁岛田髻蓬蓬松松,横插上一根金簪,直径五分的红珊瑚稍稍露在外面。她双目明亮,眉毛清秀,年纪虽轻,不施脂粉,只淡淡地涂点口红。身材并不消瘦,有点儿富态,从小以善于跳舞自豪。

出来迎接的女佣,以为她要往前栽,就赶紧闪身,说道:

"哎呀,多危险。"

蝶吉像是要绊倒似的脱下木屐,打了个趔趄,栽进来,

---

[1] 昼夜带是正反两面使用不同料子的腰带。
[2] 原文作"滝縞",是一种宽窄不同的竖纹,作瀑布倾泻状。
[3] 原文作"二枚襲"。将两件完全一样的和服套着穿,原是妇女的盛装,后来成了艺伎接客时的服装。
[4] 轮形花纹象征古时贵族所乘有车厢的牛车的车轮。
[5] 友禅即宫崎友禅(1681—1763),他发明了一种色彩鲜明的染法,把花鸟、草木、山水等花纹染在绉绸上。

差点儿撞在纸门上。她把肩闪开,朝后退去,抬头看看电灯,使劲站住脚跟,呼地吐出一口酒气,精神抖擞地笑道:

"晚上好。"

楼梯

老板娘在账房里喊道:

"蝶姐,你得请客啦。"

这座酒馆不论房间、器皿,还是服务态度,样样都差劲。五个人一桌席,竟给两个人摆上花样不齐的坐垫,小草花图案也罢,蔓草花纹也罢,那不成套的坐垫都无非是劝业场买来的。至于放着洗杯盂、紫菜和酒壶的桌子,也不过是把吃鸡素烧用的桌面上那个洞[1]填上木头而已。然而房间费用并不便宜,简直没有可取之处。值得注意的是:老板娘就像是哥哥的情人一样[2],连女佣也都守口如瓶,绝对可靠,所以那些怕事情败露有失身份的人,也不时放心大胆地利用

---

1 鸡素烧也叫锄烧,将鸡肉片(或牛肉片)、粉丝、葱段和豆腐块放在平底铁锅里,加上酱油、砂糖,架在炭火上炖着吃。这里是指为了安放吃鸡素烧用的火锅而在桌面上开的洞。

2 此句是根据底稿翻译的,大概是指老板娘对待顾客,就像是哥哥的情人一样关怀备至。

这个地方。

天下并没有只要是三角形就能保密的数学原理,可歌枕的老板娘却长着一对三角眼。鼻子和嘴是三角形的,眉毛剃掉后,也留下了三角形的痕迹。高颧骨下的尖下巴,又形成一个底朝天的三角形。这些相似的三角形都相应地排列在这么个脸盘上。她把身上那件白糊糊的丝质外褂的下摆往后一甩,戴着扁平金戒指的手从长火盆的边沿离开,便从坐垫上轻轻地站起来。一头家犬也随着腾地抬起身。

它把那黄铜脖圈晃得咯喳喳地响,掠过蝶吉的和服下摆,沙沙地走过铺席,一个箭步蹿上楼梯,在前边带路。

这只狗眼睛尖,根据女主人的一举一动,能够领会她的心意。它一看女主人起身,就认为她准是要上二楼,于是赶在前头跳了出去。它跑上约莫六个梯磴,回过头来,做出一副迟迟疑疑等待的样子。

三角形的老板娘不慌不忙地说:

"喏,请上二楼。"

女佣也从旁催了一遍:

"请快点去吧。"

蝶吉的眼睑犹如雨天的早晨打湿了的樱花一般,染成了粉红色,说声:

"我不愿意。"

她边说边像闹脾气似的摇了摇肩。

主仆二人从两旁一本正经地伸过脸来。老板娘笑吟吟地问道：

"你这么说话，合适吗？"

女佣也微笑着说：

"横竖……"

蝶吉盯着楼梯笑道：

"我怕狗。"

老板娘匆匆走向前，抬头望了望滴溜溜地窥伺着她的狗，将左手缩进袖口，又伸出一点，往上一指，小狗就像触了电一样，转过身，迅速地跑上了楼。

"不行！"

话音未落，蝶吉已把一只脚迈上阶磴，用双手支着那娇娜的身子，下摆拖得长长的，随即吧嗒一下倒下去，就像被捆住似的俯卧在阶磴上了。

老板娘和女佣一起惊叫道：

"危险！"

"哎呀！"

蝶吉充耳不闻，伸出胳膊，脚步蹒跚地边上楼梯边说："不行啊，不行，不行！畜生！凭什么比我先上去！"梓回过头来，轻轻地拍拍膝盖，对狗说："来呀。"

119

那只家犬正在楼梯口转悠，听他这么一叫，就毫不犹豫地猛蹿去，突然把前爪搭在梓的袖子上，乖乖地坐在他的膝上了。

"不行嘛！哎。"

"要是警察，就会说：'无礼的家伙，好没规矩，讨厌，什么东西！'"

蝶吉头晕脚软，勉强站住了。

"谁答应你的？畜生，过来不过来？看，揍你！"

她把袖子一扬，举起手来，但她仿佛连站着都怪吃力的样子。

"谁愿意去讨打……"

梓低着头，边说边故意抚摸狗脑袋。

"讨厌，讨厌，我可讨厌它哩。这种东西，别理它！"

"可怕啊。那位大姐说，别理你哪！"[1]

蝶吉说：

"真让人焦急。"

梓边笑边抓住狗的两条前爪，往前一伸，家犬就目光锐利地张开嘴"汪"的一声。

---

[1] 这是梓为了逗蝶吉而对狗说的话。

梓掉过半边脸来说：

"你看它生气了吧？"

"干吗这样！听话呀！哎，真让人不耐烦！"

蝶吉顿足捶胸，梓却若无其事地不予理睬。于是蝶吉说：

"可恨呀！"

蝶吉侧过脸去，一边不顾一切地用手掌嘭嘭嘭地敲楼梯口的墙，一边扭动着身子。本来就醉了，再这么激烈地一动，膝盖底下没了力气，差点儿摔倒下去。好容易挺住了，用手使劲扒住墙，遮着脸，呼地叹了口气。

老板娘听到声音，感到纳闷，边上楼梯边问道：

"是怎么回事呀？"

"尽挑毛病，甭管她。哼，你先上来了，又有什么关系？"[1]

"是为这个呀！哎，多叫人为难呀！咚！"

咚大概是家犬的名字，它"汪"了一声，跷起前爪。

"来，来，喂。"

"没关系，大娘，请这边坐。"

"可是太太[2]又该那个啦。呵呵呵呵呵。"

1　梓这后半句话是对狗说的。
2　太太指蝶吉，这是开玩笑的话。

老板娘把三角形的嘴笑圆了，侍立在那里。

"没什么，小小不言的事，进来吧。"

老板娘弯下腰，双手垂膝，戏谑地向狗打招呼道：

"唉，唉。"

咚颇能领会老板娘的心意，撂下前爪，尾巴也耷拉下来。狗的扁鼻子和老板娘的矮鼻子，隔着铺席，直直相对。

"哦，好的，好的，"老板娘点了两三下头，"那么，我就打扰啦。"

这当儿，蝶吉咚咚咚咚地把地板踩得山响，对着墙蓦地说道：

"不……不干。"老板娘吓得往后一退，说："哎呀，对不起，真对不起。"

蝶吉胡乱晃悠着贴在墙上的岛田髻说：

"我不干，不干。"

"哎呀，她哭啦。啊，这是怎么回事呀？吓人一跳。"老板娘将手心按在乳房上，睁大眼睛说，"这娃娃，真让人没办法呀。"

梓把咚从膝上扒拉开，端正了姿势，郑重其事地说：

"你给想想办法吧，搞僵了就麻烦啦。"

于是老板娘也正经八百地把手按在蝶吉的背上说：

"喂，你呀。"

蝶吉却冷漠地甩开她的手，说：

"不干。"

"别这么矫情。那一位来了，你还有什么不顺心的，自寻烦恼。妈可不答应。"

老板娘边说边打了蝶吉一下。

"好痛啊。"

"尽说瞎话。"

"我不干。"

"什么不干。喏，真叫人不耐烦，哎！"

蝶吉浑身发颤，喊道：

"姐姐！"

"才姐早就回去啦，不在哩。喏，喏，不听话就来这个。"

"哎呀！"

蝶吉直打哆嗦，老板娘也不管，一个劲儿地胳肢她。后来吃了一惊，抱住了蝶吉的肩膀。

"哎呀，真的，老爷，她真的哭着哪。请原谅，请原谅我吧。是我不对。我以为你准是高兴得不得了，不知道是这么回事，可闯了祸啦。真对不起。"

老板娘极为后悔，伸长脖子，绕过肩膀看她的脸。只见蝶吉满脸涨得通红，眯起那双妩媚的眼睛，以欢悦的神情嫣然一笑。

蝶吉只说了声"真高兴"，歪过头来，斜眼看着老板娘的面孔和神月的侧脸，莞尔而笑。

"混球儿！"[1]

蝶吉缩起肩膀说：

"不兴胳肢人的。我一挨胳肢，就要死啦。缺德，我最害怕挨胳肢啦。"

蝶吉边说边装模作样地离开了墙，理理下摆，重新站好。这时老板娘从背后把她猛推了一下，并说道：

"可恨透啦。"

蝶吉的呼吸和湿湿的嘴唇在墙上淡淡地留下一点印痕。她的身子宛如从画里拓出来的源之助的肖像[2]似的，被老板娘一下子推到房间中央，脚底下吃不住劲儿，一歪身倒在男人旁边。

她刚好把头枕在梓的膝上，用一只手拄着想起身，但支持不住，掩住半边脸，又倒下去。那件印了轮形花纹的友禅长衬衫的里子是另一个颜色的，下摆凌乱地翻到外面，那身

---

1 老板娘觉得上了当，所以这么说。
2 明治初期，演员的照片和明信片还不普及，市面上依然流行着鲜艳的彩色肖像画。泽村源之助专门扮女角，所以这里拿他来比蝶吉。

姿娇媚无比。

男人依旧揣着双手，蹙眉道："这算是什么样子呀？"

"行。"

"不行，大娘看着哪。"

"行哩，喏。大娘。"

老板娘极为谨慎地回答道：

"谁知道呢。"

老板娘既不好漫不经心地插到两人当中去，又不甘心就这样退回到楼梯那儿，结果眼睁睁地看到了这一切。

"不行，我也没办法，"阿蝶将她那白玉般的手轻轻撂在铺席上，"我已经累啦。"

"好沉。真没办法，喂，规矩点儿。"

梓边说边狠狠地摇晃肩膀，那势头，恨不得把蝶吉晃开。

"哎呀，头发松啦。"蝶吉稍稍歪过身去，举起一只手，按住梓的胸部，神情恍惚，欢欢喜喜地说，"头发散了，得怪枕头——哎呀，你别动，求求你啦。"

"怕什么，不像话。"

男人故意用申斥的口吻说，并试图把她晃下去。

蝶吉合上双目，闭紧了嘴，皱着眉，装出一副痛苦的样子说：

"我头痛,头痛。脑袋疼得厉害,你好狠心哪。"

"瞎说。"

老板娘焦躁地跺脚道:

"您胳肢胳肢她吧。"

神月默默地看了看老板娘,低头说:

"算了吧,怪寒碜的。一胳肢就完啦,呱唧呱唧叫,甭提多么吵啦。"

"哎呀,看来您尽胳肢她啦。"

"啊,什么,无聊!你说到哪儿去啦。喏,老板娘,到这边来喝一盅。"

神月借这个茬儿,将一只肘支在饭桌上,总算得到解脱,用那一直无所事事地揣在怀里的手,拿起酒盅,稍举一下,说:

"喝呀。"

老板娘露出一副领会了一切的神色说:

"不,我不喝。您别想这样来糊弄我。喏,不开玩笑啦,马上就叫人铺好被褥,快打发她睡下吧。她是真醉了,看来很不舒服哩。"

神月像是不以为然地说:

"什么呀,我一会儿就回去。"

老板娘装腔作势地说:

"所以嘛，谁也没说请您睡呀。"

她一直站在门口，也不过来看看酒烫好了没有，转身就想下楼去。这当儿，趴在灯光照不到的饭桌角落里的咚蓦地跳起来，把脖圈晃得哗啷啷地响着，飞快地走出了屋子。

没想到那只酒盅竟促使老板娘下了楼。神月丢下酒盅，将手放在娇小的女人的胸脯上，问道：

"是在哪儿给灌醉成这个样子的，啊？"

蝶吉一动不动地说：

"不知道。"

"怎么能不知道？"

"就是不知道。"

蝶吉说罢，睁开了那双清亮的大眼睛。她高高兴兴地凝眸看着虚岁二十五的男人那年轻英俊端庄的脸。

"那么，我不说是给灌醉的，你是在哪儿喝的？这，你该知道吧？"

"你又要骂我啦，真讨厌。别那么一本正经的。……就喝了那么一点点嘛。"

说着说着，她乜斜着眼睛，就隔着和服去捏自己所枕的神月的膝盖。但是又硬又挺，抓不住。她想把绸衣弄皱，既不是抓也不是抚摸，而是用指甲去挠，莞尔一笑道：

"这有什么关系呢？偶然喝一点儿嘛，不打紧的。"

"不打紧？当然喽，即便打紧，谁还能说什么呢？酒灌在你肚子里，醉了的也是你。艺伎蝶吉喝醉了酒，与我也无关痛痒，没什么可说的。"

于是梓把蝶吉一推。这时酒壶连同木套[1]从托盘上滑了过去。一只酒盅倒了，喝剩下的酒洒了出来。这是因为酒壶正在滑动时，蝶吉一起身，给碰洒的，就用不着细细交代了。

蝶吉歪身坐在梓旁边，发髻几乎贴在梓的外褂袖子上。她装模作样地双手扶膝，将脸紧凑过来说：

"哎呀，你说的话好奇怪，好生奇怪。说什么来着？"

梓将刚刚滑过去的酒壶拖到手边来：

"请你先给我斟一杯吧，尽管酒已经放冷了。"

蝶吉仅仅"唔"了一声，还是装模作样地看着。

"怎么样呢？能让我喝吗？怎么样，蝶姐，这里有个坏心眼儿的要给你添麻烦，非要请你给酌酒，不合适吗？"

"啊，很好嘛。"

梓拾起酒盅，在洗盅盂里涮涮，把水甩干净，说：

"你的意思是可以喽。既然可以，就请斟在这里面。"

"哎呀呀，刚才有人说我那位捎来口信，想请蝶吉姐酌

---

[1] 原文作"袴"（裙裤），是套在酒壶上的圆木器，状似裙裤，故名。

酒的，就是你吗？"

"正是我。"

"哦，精神可嘉，好的，喝个痛快吧。不要喝得太醉，喏，只怕你老婆又要着急啦。"

"好的。不过，小的还没娶过妻室。"

"没有嘛，这就会有的。要知道，你既有此等精神，准能娶上妻子。"

"是的。"

"说起来，模样好，脾气温柔，美中不足的是有学问这一点。但为人谦虚，长得像个公子哥儿，心直口快，憨态可掬，讨女人喜爱，性格坦率，为人可靠。你是个风流种，不是个好东西。到处都在姑娘们当中引起轰动，可怜惹得蝶吉一个劲儿忧虑。这是怎么闹的？都怪你行为不端，可不能放过你。"

蝶吉边用她那好听的嗓音结结巴巴地模仿警察的声调，边从扎着昼夜带的丰满的胸脯底下掏出一面镜子，对镜理一理鬓角儿。她把梳子当作铅笔似的拿着，说道：

"喂，喂，就像先前蝶吉斗纸牌那次那样，给你记在警察的本子上。住址、姓名，照实说来，如果假报，对你可没有好处。喂！"

蝶吉鼓起那消瘦的腮帮子，一本正经地抿着嘴，竭力不让自己笑出来。

梓起初还有一搭没一搭地跟她逗着玩，后来觉得过了头，就说：

"什么呀，多无聊！"

"喂，敢对警察说多无聊！好没规矩的家伙！"

"适可而止吧，别啰唆啦！"

蝶吉轻轻地捅了一下梓的膝盖：

"喏，咱们装警察玩吧，喏，好玩着哪！"

梓也不便申斥她，只好苦笑一番：

"好悠闲哪。"

彩球之友[1]

神月梓是一位学士，是个在同窗好友之间以温柔典雅的风采、秀丽的容貌和渊博的学识闻名的高才生。自从为了鬼火、流星那档子事和夫人闹了别扭以来，近日离家躲藏在谷中的寺院里。但他毕竟是子爵家的女婿，也就是华族的少爷，以他的身份是不该光顾此等酒馆的。

---

1 彩球之友指女友。彩球是日本女孩子喜欢玩的一种在棉花团外面绷上彩线做成的球。

当然，谁也不曾禁止有地位、有名声的人去嫖艺伎，只要堂堂正正地保持客人的体面，于心无愧，世人也就会睁一只眼，闭一只眼。可是梓呢，见到一介酒馆老板娘后，却不顾自己的身份，竟谦恭地管她叫作"大娘"，对艺伎呢，不是"喂喂"地呼来唤去，而是叫她"蝶姐""你"，这岂不得说是自卑自贱吗？

比方说，当这位年轻有为、衣冠楚楚的大学士与蝶吉背着人单独相处时，就会过于温存，回顾之下不得不感到羞愧。

说起来，梓原出生于仙台，是当地的一个漆器匠之子，家境并不宽裕。不论是他去跑腿时经常见到的批发商老板，还是到他家来订货的大爷，以及住在隔壁的军官[1]太太，和对门当铺掌柜的，都很喜欢他，但从来没有人对他敬过礼。他是在见了人必须主动问候的环境中长大的。

而且他母亲又是当年从江户迁来的[2]红艺伎。这还不说，随后母亲的妹妹一家人也到仙台来投奔她。这家人的遭遇也颇不佳，姨父没过几年就去世了，两个女儿双双沉沦苦海。难道是前世的因缘不成，大姑妈有个女儿，比梓略大一些，也被迫操同一营生。所以跟他感情很好的这三个姑表姐

---

1 原文作"士官"，是对陆海军尉官的称呼。战前仙台设有陆军第二师团步兵第三旅团司令部，所以住着不少军人。
2 这里是指艺伎从江户的妓馆换到仙台的妓馆。

妹，都不是小姐，也没嫁人，当然更当不上太太，统统被世人称作畜生。

母亲年纪轻轻就死了，不久父亲也去世。他在遗言中说，梓原来有个胞姐。由于某种原因，生后马上就过继给另一家人，说好彼此不通音信。多少年后，风闻那一家人也颠沛流离，这个姐姐同样成了艺伎。送葬后，到了七七四十九日[1]，梓的姐姐上门来了。那阵子她给一位豪商当爱妾，虽然知道家里的境况，由于没脸见人，一直没有来访。当时，梓的家境竟贫寒到全靠她送来的零用钱以及三位姑表姐妹像掏龙腮[2]般千辛万苦筹来的小笔款项，才算办了佛事。

那时梓刚好升了高中。学费自然是父亲用血汗钱替他交的，姑表姐妹们由于悲叹自己身世凄凉，说梓哥是个男子，家族当中哪怕他一个人能出息起来也是好的，于是这个给他送石笔，那个给他买算盘。另一个又接济他一个花簪芯，说是当书签用可漂亮啦。这个可爱的小姐儿还说，梓那套小西服挺合身，一块儿去照张相吧，结果挨了姐姐的骂。

梓长到八九岁的时候，下学途中倘若遇上骤雨，十字路

---

1 照佛教的规矩，人死后要在第四十九天举办佛事。
2 这里指的是流传于赞岐国志渡浦的故事，据说那里的海女曾潜到海底冒着风险从龙腮里掏宝珠。

口就会出现一个手执蓝蛇目伞的雏妓，两个人合打一把伞，手牵着手回去，因此男友很看不起他。人皆有竹马之友[1]，梓父的都是羽毛毽儿、彩球之友。

父亲死后，姐姐头一次登门拜访。梓抓住了这个机会，完成高中的学业到东京来了。学费是姐姐出的——从她丈夫的腰包里掏的，可是学业还没完成、大志未酬时，仅仅比他大两岁的姐姐就像插在壁龛上花瓶里的一朵纯洁美丽的茶花一样凋谢，随着爹娘到九泉之下去了。

最后，三位姑表姐妹分别把头饰、一根腰带、一只戒指卖掉，替他凑了二十多块钱——这还不够他两个月的学费。可怜啊，一个患了眼病，一个几乎发了疯，另一个据说被人带到北海道去了，从此杳杳无踪。

由于这样的环境，梓从小朝夕出入于红楼绿家、花街柳巷，对妓馆是习以为常的。但不论是由于思慕而去，还是有事互访，对方要么是包身艺伎，要么是对半分红，反正都有主人，势必得向在账房里跷起一条腿坐着的老板娘嘘寒问暖，又得向在里屋盖件薄薄的棉衣睡午觉的老板低头致意。

简单这么一说，听起来梓就显得太没出息了。但人家的

---

[1] 男孩子喜欢骑竹马玩，竹马之友指男友。

仆人并不是自己的仆人。倘若看门的书生[1]替来客摆鞋,迎进送出,而来客竟误以为仆人是尊敬自己,服从自己,那就未免太狂妄了。摆鞋是伺候主人而为,并非对来客尽的礼数。

对待艺伎也是如此。只有当你作为嫖客,叫来了艺伎,兴致高涨,赏她酒钱,命令她拉三弦、喝酒、唱曲、酌酒时,才可以把她看成操贱业者而予以轻视。但当她讨厌你,严厉拒绝你,并把你推出门外时,你就只好像被竹枪放的豆弹打中的鸽子一样惊慌失措地离开。此刻的嫖客,不分工商文武,只能认为是吃了败仗。何况还有很快就给别人请了去[2],压根儿不搭理你的呢。

尽管是王八[3]老板,妓院老鸨,既然你不是作为嫖客,而是作为一般人来访问,对方就非但不会对你毕恭毕敬地行礼,反倒是你要向对方点头致意。

纵令妹妹是淑女,而姐姐是卖淫妇,但她仍不失为姐姐。要是你在山中迷失了方向,向一个山贼问路,他非但没有加害于你,反而指引你下了山,那么他即便是山贼,仍不失为你的恩人。说他贻害于人而予以告发,恐怕于心不忍

---

[1] 书生是住在主人家里半工半读的学生。
[2] 有时嫖客可以把正陪其他客人的艺伎请到自己这里来。艺伎不愿陪某个客人时,也可以借口要陪其他客人而匆匆溜掉。
[3] 原文作"忘八",丧失了仁义礼智忠信孝悌的意思,此处指妓馆老板。

吧。然而有人竟去告发了，以后这个人吃了报应，浑身是糨糊血[1]，倒在地上挣扎。戏里这样的角色，恐怕没有一个头牌演员愿意扮演。

从母亲起，姐姐、姑表姐妹，小时支配梓的七情[2]的，都是受苦人。虽然走到哪里也用不着顾忌，然而回想起来，半生坎坷，境遇也太凄惨了。

浴罢归来

梓来到东京后，在本地最怀念的是汤岛。在汤岛，他尤其喜欢倚着铁栏杆，俯瞰那四下里挤满了方形房屋的天神下[3]的一角。

说起怀念，他并不曾在这里做过什么；只不过天神下是他母亲诞生的地方，那就恍若重温前世之梦。

说起来，这个腼腆、没见过世面、脆弱的美少年，一看到周围那陈旧的屋檐，就揣想莫非是母亲住过的房子不成。每逢攥住垂在神社檐下的铃铛，就认为母亲十七八岁时恐怕用手摸过它。当他瞥见排列在左边的俏丽的小楼栏杆上晾着

---

[1] 糨糊血是演戏用的，在糨糊里兑上红颜料，涂在身上。
[2] 七情指喜怒哀乐爱恶欲。
[3] 天神下指的是汤岛天神社东北的低洼地带。当时是花街的一部分。

红绸里的和服时；尤其是夜间，当纸窗上映现穿衣镜的影子时，他心里就总是感到欢喜，愁绪和依恋之情油然而生，经常形影孤单地伫立在那里，流连不舍。但眷念也罢，恋慕也罢，宛若藐藐碧天上的云彩，只不过是茫茫幻影而已。然而有一次，竟出现了一个能够支配梓的感情的具体的人。也就是使他得以倾注满腔眷慕之情的菩萨，外形酷似妇女所信仰的正尊——典雅、尊贵、崇高、端庄、神秘的大慈大悲观世音。

那时玉司子爵的小姐——如今嫁给了梓的龙子还没用法文给他写信。梓的姐姐死了，姑表姐妹们也都离散，学费没有了着落，他就休了学，暂时搬出宿舍，寄居在朋友租住的连檐房里。那对夫妇也穷得厉害，被房东赶出那间宽九尺、进深十一尺的斗室。那一天，怀才不遇的梓照例在汤岛神社的院内彷徨，百无聊赖地倚在铁栏杆上消磨时光，傍晚回去的路上，遇见了那对夫妇。他们把家具什物堆在一辆排子车上，雇人沿着台地下面的妻恋街[1]拉了过来。

男的说：

"我们搬到天神下去了，门牌××号，你随后来吧。"

女的说：

---

[1] 妻恋街在今文京区汤岛三丁目。

"神月先生，我们把装不下的破烂儿存在街坊家了，你来的时候，雇一辆车一道拉来吧。"

夫妇俩显得无忧无虑，他们守在排子车两旁，跟他分手而去。

梓按照友人的意思，回到同朋町那栋连檐房，把剩下的东西打点好。他自己也有书架和桌子，所以双人人力车是堆不下的，他就改雇了一辆搬家用的排子车。

天神下离得不远，梓手提煤油灯，跟着车，从男坡[1]后面穿过去，来到目的地，但是找不到那个地址。

不知是对方说错了，还是梓本人听错了，他去向负责租赁房地产的人打听，也完全摸不着头脑，只好跟在排子车后面兜圈子。足足耽误了两三个钟头，天色逐渐黑下来了，拉车的抱怨道："怎么这样糊涂。"折回去嘛，连个睡觉的地方也没有。梓弄得十分为难，狼狈不堪。由于车上没有挂灯笼，路过派出所时受到了申斥。拉车的说：

"你不会点上手里那盏煤油灯吗？"

拉车的憋了一肚子气，嘴里来回嘟囔道：

"哼，真糊涂。"

---

1 从汤岛天神神社院内有两坡通到上野广小路，南边的较陡，叫作男坡，北边的叫作女坡。

黑夜中，神月梓提着点亮了的灯笼，站在排子车前面，在天神下来回转悠：先到拐角的酒铺道了声"劳您驾"，又在纸烟店喊了声"借光"，最后在米店窗户下又说了声"对不起"，可是，得到的回答都是"不知道""闹不清"。每当他碰了钉子，拉车的就在背后咬牙切齿地发牢骚。梓弄得忍无可忍的时候，下起雨来了。

梓脸色苍白，内心焦躁不安，前额暴起粗粗的青筋。他性格温顺，素不喜欢跟人拌嘴，争争吵吵。有什么不愉快的事也竭力忍耐。这时却不由得心头火起。他器量狭隘，恨不得把煤油灯摔在排子车上，出出这口气。暗自思忖着：

要是灯摔得粉碎，煤油引起熊熊大火，会连车带东西都烧成灰烬吧。

这个年轻人是干得出这等事来的。

这当儿，蝶吉咯啦一声拉开妇女部那写着瀑布澡堂[1]字样的门，走了出来。她身穿绉绸家常衣服，系着一条粉红色腰带，罩一件只在后背上染有家徽的黑绉绸外褂。领口松松的，脚穿整木剜的高齿木屐，越发显得身材苗条。手里拿条湿手巾，口衔红绸糠袋[2]，边走边撩两鬓那刚刚洗过的披散

---

1 原文作"滝の湯"，滝是瀑布的意思，汤是澡水、澡堂的意思。
2 日本江户时代（1063—1867）以来，妇女将糠装在方形小袋里，用以擦身。

着的头发。她离开了仲之町的艺伎馆,打算另找一家,暂且闲住在附近的一爿相识的荞头行里。

这是春末夏初,酝酿着一场大雨。年方十七的阿蝶,就是这样在黑腾腾的街上与梓萍水相逢的。蝶吉仿佛看见一只蝙蝠几乎擦着地翩翩而飞,米店早已上了门,两三道微弱的灯光透过绳门帘[1]投射到街上。只见一个白面少年背着米店,手提煤油灯,朝着这边悄然而立。当时,梓秀眉倒竖,正要把煤油灯摔在车板上。阿蝶是个地地道道的江户儿,就讨厌那些眼梢耷拉下来的。阿蝶不认生,年纪又轻,为人洒脱。她看见这个风度翩翩的书生怒气冲天,就觉察出其中必有缘故,于是喜气轩眉地招呼道:

"喂,到哪儿去呀?"

一盏红灯笼划破了暗夜。那个人身后有一辆堆满破烂的排子车,以及车夫的黑影儿。他提着煤油灯趋上前来,由于内心烦躁,没好气儿地说道:

"找地址呢。"

蝶吉笑容可掬,殷勤地问明缘由,说:

"哦,今天搬来的吗?那位老爷是不是长得胖胖的,

---

[1] 绳门帘是在横着的竹竿上挂起多根绳子做成的门帘。

扎条兵儿带[1]，系着围裙？太太长得挺俊俏，夹衣上挂了衬领。喏，就在那儿。"

蝶吉边说边用手里的湿手巾指了指。原来她寄居的荞头行是那栋连檐房所在的那条胡同口上的第二家。

荞头行旁边是一家门面很小的酥脆饼干店。饼干店和对面胡同的拐角处有栋以做花簪为副业的连檐房。胡同尽头有一堵黑板墙。沿着板墙向右一拐，是一扇潇洒的格子门，门内挂着神灯，但不是这一家，而是左边那座木板顶小房，有个突出的廊沿，一眼就能看到后面的一道石墙。那就是新搬到的地方。

这簇房子是藏在天神神社下面的世外桃源。它们被柳树、松枝遮住，覆盖在大屋顶和鳞次栉比的二层楼房下面，从男坡上也是看不见的。

射箭场[2]被拆除后，即使倚着铁栏杆俯瞰，尽管就在眼皮底下，可是连一座房顶也看不到。

---

1 兵儿带是男人日常系的一种整幅布料捋成的腰带，由于萨摩地方的兵儿（方言，指青年）喜欢系，故名。
2 原文作"矢场"，江户时代至明治时期，在浅草公园和汤岛天神神社院内开设的射箭场，但因场上负责拾箭的妇女倩情卖淫，有伤风化，自明治十九年（1886）起予以取缔。

幻影

胡同拐角处的花簪匠的房屋和饼干店之间装有一扇栅栏门，管事的规定，不准拾废纸者入内，晚上十点钟上门。就跟禁止在公共水井台上洗尿布、旧木屐和脏东西一样，严格执行。

迁居后第五天的晚上，梓过了十点才回来。到栅栏门跟前一看，已经上了锁。那边的澡堂已打烊，传来了刷地板的声音。男坡下的心城院[1]也上了门，柳影黯黯，人们已经睡熟。人力车沿着凿崖而修的坡道飞驰，车夫彼此吆喝着，以免相撞。幸而可以从胡同口的饼干店的店堂穿到连檐房。所以关了栅栏门后，人们总是找这个窍门。老板娘看见了梓，不等他开口就明白了，说道：

"读书的少爷，请您提着木屐，打这儿走。"

梓感到怪难为情的，就掉过脸去，正要从店堂穿到后面去的时候，蓦地碰见了前几天那位美人儿。她也手拎木屐，从后门袅袅娜娜地走了进来。两个人在门槛那儿擦身而过。里面的大红长衬衫从和服的袖口那儿露了出来，一晃一晃

---

[1] 心城院是坐落在男坡下左手的一座寺院。

的，差点儿缠住了梓的手。一股薰香[1]扑鼻而来。他俩你看看我，我看看你。

阿蝶说：

"你好。"

"……"

"来玩吧。"

她说罢，不等梓回答，早已吧嗒吧嗒走到门外去了。

接着，她向饼干店老板娘招呼一声：

"大娘，打扰啦。"

随即咯啦一声拉开荞头行的大门，门上的铃铛丁零零响着，走了进去。原来这一天的晚上，蝶吉到胡同里的常盘津[2]师父那儿串门去了，刚刚回来。

过不久，梓就接到了法文信，遂离开这座隐寓，重新住进学校的宿舍，在桌上摊开拜伦的诗集，肃坐而读，感动不已。他本来就怀念天神神社，这下子愈益眷恋这座庙宇了。

梓自然不可能知道那位美人是谁，只是先后相逢了两次而已，而且也并未细细端详，年龄和长相均未看个分明。只是从她那身打扮，一眼就看得出并非良家妇女。俨然是这座

---

1 自平安时代（794—1192）起，日本人讲究焚香木，用以熏衣服和头发。
2 常盘津即常盘津节的简称，是伴随歌舞伎舞蹈的说唱曲子，颇受江户市民的欢迎。

大城市的艺伎装束，把梓吓得毛骨悚然。

然而，正当他走投无路的时候，她指给他房子在哪儿，事情虽小，梓却把她视为大恩人。梓觉得，是亡母显灵，救了自己。梓的母亲原是艺伎，而且生在天神神社下面的低洼地带。

光阴荏苒，但听说那棵柳，这棵松，以及澡堂子，无不是多年前就有的。如今，周围的女孩儿们仍聚在庙[1]门前嬉戏着，还唱拍球[2]小调儿[3]。房檐、屋脊、土壤的颜色都依然如故。由于恋母心切，每见一座房子，梓就不禁产生幻想，寻思莫非那就是从前母亲住过的地方。关于暂时寄居的那座古老的破房，他也想入非非，把它当成栩栩如生地描摹出来的幻象。他浮想联翩，不知怎的，只觉得蝶吉活脱儿就像是他的亡母年轻的时候。在饼干店里和她擦身而过之际，他也感到母亲就是这么长大的，在她这个年龄上，也在此地干过这样的营生。恍惚间，仿佛前一个世纪的活生生的幻灯片[4]在眼前重演。

---

1 庙指心城院。
2 原文作"鞠"，在棉花团外面缠绕彩线做成的球。
3 泉镜花在《莺花经》一文中写道，他的亡母最喜欢的一首拍球小调儿是："俺有姐儿仨，一个击小鼓，一个打大鼓，一个住下谷。"
4 原文作"映画"。这是江户时代享保年间（1716—1735）开始流行的一种幻灯。

清晨朝香

梓大学毕业后，由比他大两岁的龙子，也就是那位写法文信的小姐，接去做了乘龙快婿，遂继承了子爵家的家业。不知是因房产主换了人，还是房东另有安排，他原先隐居过的那座寓所的木门被钉死，再也看不到昔日的风貌了。转到连檐房外侧一看，酒铺的两座库房的屋檐之间开辟了一条幽暗的小胡同，通向另一条街。他一味地想着，这条小巷恐怕是通到朋友租过的那间屋子的。不用说，曾经收留过他的朋友夫妇早就搬走了，下落不明。如今他身穿印了家徽的和式外褂，绝不能冒冒失失地撞进那条小巷。巷子窄得人们面对面地吃饭，向窗外一伸手就能借到酱油。如今既不能进去，又打听不到，就越发想念。自从当上了玉司子爵梓先生，身份就不同了，每逢出进公馆，都要惊动婢仆送迎，排场很大，引起行人注目。所以逐渐就改为隔几天，甚至隔几周到汤岛散步一次。花儿越远，越觉得香，这下子他对汤岛就更眷恋了。

梓就是怀着这样的感情，而且是在参拜汤岛的早晨，与蝶吉在此地重逢的。那是在洗手钵前面，柱上吊着桔梗连[1]奉献的灯笼，上书以嫩叶、幡旗、杜鹃为季题[2]的俳句[3]。曙光初照，浮云片片，树梢上挂着残月，恰似一幅水墨画。

正如龙田若吉在宿舍的红茶会上所说的，从某种意义上来说，那一次梓也被蝶吉救了。

那本是微不足道的事。梓这个人是在穷困中长大的，受尽了磨炼，虽然如今已做了文学士，而且又是玉司子爵夫人眷爱的丈夫，但他完全不把零用钱放在心上。那天早晨不知是没带呢，还是忘了，要么就是钱包掉了，反正身上一文不名。他拿起柄勺正要净手的时候，一个圆脸蛋儿孩子从装豆子[4]的一排瓦盆后面伸出头来说：

"给水钱呀。"

梓向怀里掏掏，又摸摸两只袖子，都没有，腰带里更不见皮夹子。

他不由得慌了神儿，喃喃地说："怎么回事呢？""给水钱呀。"梓弄得很难为情，就做出一副纳闷的样子说："奇

---

1 桔梗连大概是俳句诗人结社的名称。
2 嫩叶、幡旗和杜鹃都是初夏的季题。五月五日男儿节时挂鲤鱼形的幡旗。
3 原文作"句合"，也叫句会。俳句社的同人们用同一季题咏成俳句。将佳句写在灯笼上，吊在天神神社院内的柱上，奉献给神社。
4 豆子是朝香者买来喂鸽子的。这个孩子管收水钱，兼卖豆子。

怪,奇怪。"其实这是装腔作势,他并没有被扒窃的印象。

而孩子却重复地说:

"给水钱呀。"

"嗨,我大概忘了带皮夹子啦。"

孩子直眨眼睛,不由分说地只管催着:

"给水钱呀。"

梓生性腼腆,被那年仅六岁左右的孩子弄得满脸通红,无地自容,准备向后退去。这时,那位华容婀娜的人儿刚好也来朝香,在他背后一站,稚气地莞尔而笑,从日常扎的缎子腰带间抽出一只包在怀纸[1]里的鼓鼓囊囊的钱夹,托在手心上。她随即打开那猩红地锦绸[2]钱夹,掏出一个绿天鹅绒做的蛙嘴式玩具钱包,仿佛用大拇指和食指圈成的那么小。她咔吧一声拧开钱包,就像幼儿扒着袖子往里瞧那样,天真烂漫、高高兴兴地眯起杏眼看了看,拈起一枚闪亮的小银币[3],朝那边[4]扔过去。

"小和尚,老爷那份也在里面。"

---

1 怀纸是日本人出门时带在身上备用的白纸。酒宴上用以写诗歌、放点心或擦酒盅。
2 原文作"檻褸锦",也可以写作缀锦,是京都西阵所产织有花鸟的锦绸。
3 当时的银币分五角、二角和一角三种。通常每人给一枚铜币(一分钱)的香资就够了。
4 那边指洗手钵。

梓的神情忽然变得严肃起来。

美人儿回眸嫣然一笑。

"请你把手伸过来吧。"

事已至此,梓一面暗下决心以后一定谢恩,一面蓦地伸出他那双像医生般干干净净的手。蝶吉替他浇上一勺珍珠般的清水,碰在手上就迸溅开来。接着又浇上一勺。蝶吉不让他甩掉手上的水珠子,安详地说:

"用我的吧。"

她稳重地向他递了个秋波,略仰起脸,拽了拽手巾的一角。她奉献的那条手巾[1]还蛮新的,一点儿也没磨破。

茶色地上印着白字:"数寄屋町大和屋内蝶吉"。

梓诚恳地第一次开口说道:

"阿姐,我一定报答你。"

"哎呀,这算得了什么。"

梓加重语气说:

"真的。"

于是,他们两人就分手,沿着铺石走了。那些栖在匾额堂[2]的檐儿、神社的飞檐、牌坊底下以及净手间屋顶上的鸽

---

1 信徒们把奉献给神社的手巾挂在洗手钵上端,以便大家擦手用。
2 这座殿堂里挂着信徒们所奉献的匾额。

子，东一处，西一处，不时地叫着，其中两三只从他们之间轻轻地飞来飞去。四下里阒无人迹，远远地传来了叫卖豆豉声。——这是两年多前的事，而今天晚上，两人又在歌枕幽会了。

荒谬绝伦

蝶吉依然改用喊喊喳喳的语调说：

"今儿晚上我挺高兴。这阵子身体不好，你又好久不来了，所以心里一直郁闷得慌。"

这个女人反应敏锐，心情转变得极快。她那颗纯洁的心如同明镜，不论看到了月亮、鲜花，还是听到了黄莺、杜鹃的鸣叫，都会使她历历形于色。

梓也依恋地点点头说：

"近来有点儿忙，所以虽然听说你生了病……"

"是发奋用功来着吗？"

梓漫不经心地回答了一声：

"嗯。"

他忽然惦念起一件事来，就露出忧闷的神情。

那蝶吉却浑然不觉，只说了句：

"是吗，好犴。"

"你太没有礼貌了，人家在用功，怎么能说是狂呢？"

"你又不想发迹，当上个坐马车的主儿，多没意思呀。看再累出病来，就糟啦。"

"可是游手好闲的话，连饭都吃不上哩。"

"我替你挣。"

蝶吉说罢，那张稚气未脱的脸上泛出极其严肃的表情。

梓听了，像是有点于心不安似的，就笑着支吾地说：

"拜托啦。"

"嗯，我知道啦。"

"可是，我可讨厌木屐那档子事。"

梓毅然决然用冷冰冰的语气说，随即含情脉脉，凝眸看着蝶吉。

蝶吉似乎感到意外，就若无其事地说：

"哎呀，怎么说起这么奇怪的事儿来啦。"

这当儿，梓端正了姿势：

"不，才没说什么奇怪的事儿呢。对我有所隐瞒，可就不好了。你说说，松寿司到底是怎么回事？"

他毕竟不便挑明，所以是兜着圈子问的。

"好没意思，还吃醋哪。他才不是你的对手呢，何必为他多心。你这话说得好像完全没见过花街的世面，让人笑话。"

"不过，是真的吗？"

149

"唉。"

蝶吉怪难为情地答了一声，随即抽搐了一下和情人相互望着的脸。

"是这样，喏，我是完全蒙在鼓里的。"

她低下头，用烟袋杆儿不知不觉地敲着自己的膝盖：

"反正那档子事就那样了结啦。他算是什么东西，你竟把他挂在心上，我心里真不是滋味。我不是别人，是蝶吉呀。"

她说着，懒倦地强露出一副笑脸。

"不是这事。是肚子里的……"

梓说了半截儿话，不禁掉过脸儿去。

"哎呀。"蝶吉默默地低下了头，半晌，红着脸问道，"你听谁说的？告诉我，打哪儿知道的？"

"喏，我在路上听见了几句使我着急的话，所以不由得就……"

蝶吉惊愕地问道："你还听说了什么？"

"你不要介意。你也知道，我从来没有冶游过，你是头一个。原以为，干这一行就得扯谎。可是你说：'太寒碜啦。哪怕是扯谎也罢，要是有人说爱上了你，装出一副爱你的样子，那就准是爱上了你。你就只当她爱上了你就成了。

一个劲儿地猜疑，太寒碜啦，不像个男子汉大丈夫。'我心想：果然如此，就自以为被你爱上了。可不是嘛，我一直认为你迷恋我，我才以情夫自居。所以我绝没有打破砂锅问到底，这样那样地跟你过不去的意思。只是到这儿来的路上，松寿司那家伙指桑骂槐地说了些怪话。"

蝶吉粗声粗气地说：

"真讨厌！"

听她这腔调，既好像是对偷看闺房者心存鄙夷，又恰似因自己的行为有失检点而羞愧难当。随即犯起嘀咕来，便干脆促使对方宣布自己的过错。于是以微弱的声音问道：

"他说什么来着吗？"

神月直截了当地说：

"统统说了。"

蝶吉一本正经地说：

"嚄。"

她这语气，仿佛一下子长了三岁似的，接着又改变音调说：

"可是，已经完全恢复了。听说在西洋，大家对这种事儿满不在乎。在乡下，都认为这是应该的。我已经利索了。

"师姐说，幸好也没落下毛病，为了祝贺我康复，今天晚上替我煮了红豆饭[1]，而且还喝了一盅，庆祝了一番。这有什么不对吗，嗯？嗯？"

蝶吉看出梓的神情不对，觉得奇怪。

梓一时说不出话来，只是默默地交抱着胳膊。

"喏，你发什么愁呢？是为了我吗？我做得不对吗？"

"那还用说吗？"

真是荒谬绝伦。

"可有什么办法呢？"

蝶吉无可奈何地眯起那双杏眼，朝下望着，微微一笑，旋即仰起脸儿，眨巴着说：

"不过，说是只要干了一次这样的事，就一辈子不能养娃娃啦。可你不是不要娃娃吗？你不是说过，哇哇乱哭，讨厌得很吗？当时我说，三岁的娃娃叫爹叫妈，说些逗人的话，怪可爱的，从别人家领一个来养吧。你说，连这也麻烦，要想听逗人的话，养只鹦鹉就足够啦。"

梓弄得目瞪口呆，无言以对。

蝶吉得意扬扬地说：

"喏，瞧，不是蛮好吗？我也不想要娃娃嘛。"

说到这里，她将身子略微一歪，向情人送秋波，并用手

---

1 日本人有喜庆事时，讲究吃大米（或糯米）里掺上红小豆的饭，以示祝贺。

按住胸脯给情人看。

"这边的奶是菜,这边大一些的是饭,你不是说过要就着吃吗?"

她使劲一勒,缩着肩,笑眯眯地浑身战栗了一下,说:

"哎呀,好痛!"

梓憋不住了,就用较严厉的口吻说:

"阿蝶!"

每一次挨骂的时候,蝶吉自有一套办法来打岔。此刻她照例用三指扶席[1],毕恭毕敬地叩头。于是她那刚刚洗过的光润的头发便呈现在梓眼前。她梳着扁岛田髻,扎发根的纸捻儿向两端翘起来[2]。她装出男人的腔调,忍俊不禁地问道:

"招小人来,有何贵干?"

梓这个人心肠软。看着一直低着头的女人,就感到凄怆,泄气了,不觉热泪盈眶。他咬咬牙,凑上前去,以膝盖

---

1 日本女孩子用两只手的拇指、食指和中指扶席叩头,以示殷勤。
2 原文作"奴元结"。当时的妇女将日本纸捻成线状,用以扎发髻,这种纸捻儿叫作元结。扎好后,纸捻儿两端翘起来的叫作奴元结。因形状像江户时代的奴(武士的侍从)所梳的奴头(将头顶剃光,只在双耳上端各梳一个向两边翘起的短髻)而得名。

抵住女人的膝盖，用手按住女人的肩头，乘其不备，蓦地把她扶抱起来。

女的吃了一惊，他紧紧地盯着她道：

"可怜虫。你是个苦命的妹子，不谙世事，所以我决不责怪你。即便你现在吐着舌头对我说：'咦，你受骗了，傻瓜！给你灌点米汤，就高兴得什么似的。一听说你还算是什么情郎，就败兴。瞧你这个德行！'

"我听了这些无情无义的话，也完全不会生你的气。

"不，即使我懊恼、气愤，也决不会说你不近人情。

"倘若你明知是冷酷薄情而这么做的，那就令人冒火了。但想到你的一切言行都出于无知，就应该原谅你。

"所以我什么也不说了。不过，听说你总念叨我缺乏经验，是个哥儿，完全是个外行。当然，关于是不是该把第三弦调低，或把第二弦调高，曲调[1]是该拉长呢，还是缩短，我是一窍不通。论冶游啦，风流啦，这些方面我确实是门外汉。我只知道，天气这么冷，只图俏皮而穿夹衣，会伤身体的。但我也知道，你看不起这里的艺伎，嫌她们穿了棉衣太

---

[1] 曲调指清元节和长谣曲。这里，梓借音曲来暗示自己不谙花柳界的事情。清元节是江户净琉璃的一种。净琉璃是用三弦伴奏的说唱曲艺。

邂逅。[1]

"穿得薄,身材显得苗条,当然漂亮喽。据说你们是受了训练,故意语无伦次,说些没谱儿的话;要装得傻里傻气、天真烂漫才够格儿。我成天翻字典,查方块字,耳朵里听的尽是深奥的大道理。所以你有一搭没一搭地说那些莫名其妙、孩子气的糊涂话,我听了很高兴,感到好玩,心里得到安慰。逐渐发生了感情,疼起你来,不知不觉成了目前这个样子。但是稚气也罢,天真也罢,要是把胎儿……你听着,要是让政府知道了,就成了罪人。[2]干下这样见不得人的勾当,还去吃她们的红豆饭[3],喝得醉醺醺的,你太不知好歹啦。"

梓这话是悄悄地说的,但是声音和手劲儿都越来越大。蝶吉并不把绯红了的脸扭过去,只是倒吸气似的颤动着嘴唇。

梓盯着她说:

"可怜虫,我绝没有责备你的意思。正如我刚才说的,

---

[1] 蝶吉原先所在的仲之町的艺伎冬天也穿夹衣,她便认为现在的数寄屋町的艺伎穿棉衣太邂逅。
[2] 按当时的刑事法,人工流产被视为犯罪行为,违反者要坐一个月以上、六个月以下的牢。
[3] 这里梓在谴责大和屋艺伎馆为了让蝶吉继续操艺伎行业,利用她的无知,让她堕胎。还骗她说这是喜庆事。

因为你什么也不懂，我就毫不介意。你十九，我二十五，我是比你大六岁的哥哥。喏，我把你当成妹妹，你就听我说吧。"

杂耍班子

这下子梓想起来了。一个来月前的夜里，他和蝶吉也曾在这个歌枕幽会。蝶吉拐弯抹角地一个劲儿问他想不想要娃娃。他只把这话当耳边风，没有放在心上。但在这里仔细一问，松寿司那番恶言恶语，原来是有根据的，实在出乎梓的意料。他十分惊讶，目瞪口呆，怜惜之情油然而生。

蝶吉曾像发现了什么伟大学理一般天真烂漫地告诉梓，她赶海[1]去了，吵吵闹闹地乱走一气，还喝了海水，可咸啦。

她还说，小时淘气，挨了骂，就从家里逃出去，混到附近的杂耍班子里，嘣嚓嚓嘣嚓嚓地跳舞，追踪的人竟认不出她来，扑了个空，就回去了。

她随即问梓：

"我的脸现在还像丑女面具[2]吗？"

---

[1] 趁落潮到浅滩去捕鱼贝玩，叫作赶海。
[2] 举行庙会时，男的戴眼睛一大一小、尖嘴巴的丑男面具，女的戴胖脸塌鼻梁的丑女面具，在彩车上或临时搭的舞台上表演滑稽舞蹈。

蝶吉就是这么个脾气。她还说，走在街上，如果觉得某人态度傲慢，她就撞他一下。梓规劝她道：

"糊涂虫，要是把那个人惹急了，怎么办？"

蝶吉一本正经地说：

"他要是打算揍我，我就混到二十五座[1]里去，表演杂耍。"

梓对她简直是一筹莫展。他认为，如今她已十九岁，总不至于相信那样就能逃脱，但她不仅是嘴上这么说说，确实稚气未脱。

要是告诉她，堕胎就触犯了刑法，她也压根儿听不懂。要是对她说，警察将把你抓去，关在监狱里，她就又会回答说，我跑去混到二十五座里跳舞。真叫人没办法。

梓越是跟她熟稔，越了解到，她之所以这么缺乏常识，完全是出身造成的。于是越发堕入情海。

蝶吉不但是他的恩人，两人又是在梓所怀念不已的汤岛结识的。自懂事时起，梓所眷顾、喜爱过的一切亲人——姑表姐妹、姐姐，如今个个生离死别，下落不明。因此他把全部感情凝聚在同命人蝶吉一个人身上，对她产生了深切的恻

---

[1] 二十五座是东京附近的神社里举行庙会时表演的"太神乐"的称呼。因有二十五种曲目，故名。

隐之心，恨不得做她的替身。

当蝶吉把自己的身世向他和盘托出后，他更是别提有多么同情她了。

梓觉得两个人的身世有点儿相似。

蝶吉的母亲原是京都一个家道殷实的商人的姑娘。正如净琉璃的词句里所说的：千里姻缘一线牵。她背着父母，和土佐的浪人[1]山盟海誓，私奔到这里。那还是江户时代呢。两个人躲藏在根岸，过起小日子来。但赶上时局动荡[2]，生活没有了着落，女的就沦为仲之町的歌妓[3]。她一方面每天到根岸去接待顾客，一方面对丈夫尽着妻子的本分。蝶吉就这样诞生了。

由于她拉得一手好三弦，生下娃娃后还能照样干这一行。遇到老主顾，女仆就把娃娃带到酒筵上，她放下三弦，掉过身去，敞胸喂娃娃奶。可是当蝶吉满了周岁，好容易学会走路的时候，她父亲却在根岸的家里一病不起。

又过了一年，蝶吉虚岁三岁了。蛎谷町的一位主顾，明知这位歌妓有娃娃，还替她赎了身，在滨町为她安置了一座房子，她就成了这个人的小老婆。于是，蝶吉过了两年娇生

---

1 浪人是幕府时代失去主子到处流浪的武士。
2 时局动荡指1867年幕府倒台。
3 这种歌妓只是为顾客表演三弦，并不卖淫。

惯养[1]的日子，也学会叫"妈妈"了。

谁知好景不长，米店街[2]上，米价暴涨暴跌，行情不稳，蝶吉妈的那位主子大闹亏空。他一败涂地，没有资本东山再起。这下子变得志小行卑，逼着蝶吉妈把为她赎身的那笔钱统统还来。

自从死别了根岸那位情夫，蝶吉妈已失去了对人生的乐趣，一味听任命运摆布。她乖乖地又到芳町[3]去重操旧业。将家当变卖一空还凑不足那笔钱，所以把蝶吉送到仲之町的大阪屋去当艺伎，期限是十三年。

事先说好，照妓馆包身艺伎的惯例，管保不叫蝶吉卖淫，但在技艺上用什么手段来训练都没关系，不妨让她吃点苦头。结果，她受尽了不同寻常的折磨。

陪客时是三人一组。两个是资格较老的艺伎，蝶吉抱着伴奏的乐器[4]跟在后面。一个下雪的夜晚，蝶吉毛骨悚然地向梓倾诉过当年受的苦。

那一带，客人多半是深夜才来。账房一招呼她们陪客，

---

1 原文作"乳母日伞"。由奶妈陪着，出门时用早伞遮住阳光，予以精心照顾之意。
2 米店街是蛎谷町的俗称。当时这条街上米店林立。
3 芳町在今东京都中央区内，毗连蛎谷町，与柳桥同为当时著名的花街。
4 指大鼓、小鼓和钲。蝶吉一个人负责这三种乐器，为三弦伴奏。

蝶吉就先把两位师姐的和服、绉绸条[1]、腰带、带扣[2]，以至长衬衫的带子都按秩序放好，自己也换了衣服。随即把师姐的木屐摆齐，将四把三弦送到青楼的账房那儿。师姐拉得一手好三弦，但性格暴躁，硬说要是在客人面前断了弦，现换的话就不接气了，为了讲究排场，要求她另带上两把替换的三弦。接着，上气不接下气地折回来，再双手捧着自己那些乐器奔去。

然后将四把三弦运到陪客的房间，调完音，安置好；随即又返回账房，调自己负责的那些乐器的音，刚系好线绳的时候，那二人已不慌不忙地进来了。于是急忙地替她们掸木屐上的雪，归整一番。及至她赶到房间，开场曲已快奏完，还没来得及把手放在膝上，师姐已在责怪她伴奏开始得晚了。手指不但磨破了皮，又冻僵了。气喘吁吁，连将小鼓挂在肩上的劲儿也没有。

蝶吉对梓讲到这里，只穿着一件长衬衫就钻出被窝，将友禅棉袍的袖子一铺，跷起一条腿跪在上面。她将手腾空放在跷起的腿上，说：

"那时我才这么高，只见鼓，不见人。"

---

1 原文作"背负扬"，也叫带扬。日本妇女将腰带在身后结成一个鼓包后，为了防止结扣往下垂，而用绉绸带勒紧。
2 原文作"带留"，日本妇女腰带上装饰用的带扣。

边说边将一只手搭在肩上，凛然做出打鼓的架势。两鬓的头发披散到她那未施脂粉的雪白的脸上。她眼睛发直，泛着难以言状的哀容来缅怀过去。梓不由得正襟危坐。

有时打鼓，用力过猛，腰杆子挺不住劲儿，摔了个仰八脚儿。师姐暗地里詈骂道：

"哼，好没出息的丫头，就欠把火筷子烧得通红，把你屁股戳通了，钉在席子的边沿上。有了这个符咒，就摔不了啦。"

一回去，就受到了处罚：又是揪耳朵，又是打嘴巴子。抓住后颈，按倒在地，用长烟袋杆儿打背。不仅是犯了过错的时候，就连叠衣服时，也怪她弯了腰，责打一顿，没跳好舞也照罚无误，打得身上伤痕累累。严寒彻骨时，支使她跑腿，一直干到天亮。二位师姐回来后，就又得收拾衣服、三弦和木屐。天亮后，又派她拎着本子到各间青楼去记账，所以几乎没有时间睡觉。

白天吹笛打鼓，排练舞蹈，还隔一天习一回字，连喘口气的工夫都没有。

蝶吉模模糊糊记得亲妈，但既不知道妈有多大岁数，又不知道她住在哪儿。一哭就有人拧她的舌头，所以只能默默地掉眼泪。她说到这里，颓然趴下，拭去泪水。

每逢走过河堤，看到别人家的孩子由妈妈牵着手走，或

是开心地玩耍,她就思忖道:

同样是人,为什么这样不同呢?

有一次,瞥见五六个孩子在稻田的潺潺流水里摸青鳉玩,她羡慕不已,不顾一切地撩起下摆,扎上长袖,走进水里说:

"也让我一道玩玩吧。"

"嘿,窑姐儿!蛤蟆咕嘟儿[1]!下流货!"

两三个孩子边这么说,边抓住她的手脚,让她跌了个仰八叉。她喝了一肚子泥水,脸色苍白地走了回去。鸨母岂肯饶恕她,抽冷子用细绳子将她五花大绑,她浑身湿透,被塞进高高的壁橱里。从下午到半夜两点左右,她简直像死了一样。于是想道:

我这么可怜,受这么大的罪,你们这些街上的孩子,非但不安慰我,还骂我做窑姐儿,把我推倒在水里。

正因为你们这些家伙娇生惯养,生在福中不知福,到了脸上长酒刺的年龄,就攥着钱来寻花问柳,让爹妈伤心,我才受尽欺凌,被逼着学这份技艺。等着瞧吧,我要争气,把你们踢倒。欺骗你们,折磨你们,把你们弄得半死不活,丢魂落魄。

---

[1] 蛤蟆咕嘟儿长大了就变成青蛙,这里用来嘲讽将来做艺伎的雏妓。

从此，蝶吉忽然振作起来，主动学艺，争强好胜，不怕吃苦，一直熬到十七岁这一年。坚硬的花蕾绽开了鲜花，也有师妹来服侍了。秋天的仁和贺上，比谁都不逊色。在酒宴上，也是个顶呱呱的人了。论三弦，掌握了清元的绝技，论舞蹈，取得了花柳[1]的秘方，为了练就炉火纯青的技艺，她身上曾伤痕不断。而今样样来得，甚至让客人神魂颠倒的一套痴情话，也都学会了。她准备大显身手。

这些浑蛋也赏花赏月，懂得风趣，可是竟想拿有血有肉的女人来解闷，她打定主意，非给他们点厉害尝尝不可。倘若对方怨恨她，要杀害她，就用簪子尖儿戳瞎他的眼睛，逃跑就是了。柳眉杏眼火焰唇，怀着满腔不平，表面上却嫣然而笑，盯着天空的一方。就在这当儿，一个肮里肮脏、耳背眼红、衣衫褴褛的老妪拄拐摇摇晃晃地找上门来，捎口信来说，蝶吉的亲妈患了重病，想在咽气前见她一眼，跟她惜别。

见妈妈原是蝶吉梦寐不忘的事啊。她兴奋得血往上涌，四肢发颤。于是特地雇了一辆双人乘的人力车，赶到小石川指谷町[2]的一间破破烂烂的连檐房去，不顾一切地抱住了妈

1　花柳是以花柳寿辅为祖师的舞蹈流派。
2　小石川指谷町，现在是东京都文京区白山一丁目。

妈。奄奄一息的妈妈，高兴得竟叫了蝶吉的小名：

"峰儿吗？"

蝶吉把串珠绳[1]抓在手里，使当天就要咽气的妈妈一度睁开了眼睛。

蝶吉四下里打量了一下。看那光景，不用说请医生看病了，连给病人喝感冒药的条件都没有。不管怎么样，她只好先回大阪屋去。她即将满期，欠的款也不多了。所以又借了一笔，以孝顺妈妈。但作为论年头包下来的艺伎，她连半天时间也不能自由支配。雇人看护也好，送给医生谢礼也好，都要她来张罗。既要应付北里[2]，又要惦记小石川的患者。为了让妈妈康复，还祈祷神佛，断了盐，弄得人也消瘦了。哪怕自己少活几年，也心甘情愿。

疯狗源兵卫

到了第七天早晨，鸨母好容易给了她半天假，她就又一次到小石川的破房子去探望妈妈。妈妈的心窝里长了个拳头大的东西，既上不去，也下不来，剧疼已连续了三昼夜，连

---

1 原文作"玉の緒"，是生命的美称。
2 北里指坐落在江户北部的吉原花街。

嘴唇都紫了。蝶吉用手一按摩,一片恩爱之情使妈妈减轻了疼痛,她竟香甜地入睡了。过了约莫三个钟头,妈妈像是忘掉了病苦一般,将荞麦皮枕头[1]按在胸口上坐了起来。蝶吉这才一辈子头一遭儿仔细端详了妈妈的脸。

妈妈叫阿绢,蝶吉告诉梓,她的容貌"活脱儿就像是纪之国屋"。

她把女儿寄托给大阪屋,自己则在葭町[2]当上了艺伎,扎扎实实地挣钱,陆续还债,大约五年后就靠自己的力量赎了身。后来经人斡旋,成了独立的艺伎,开了个艺伎馆。有人劝她包下一个技艺高超的歌妓,她鉴于自己的身世,思忖道:

就算靠这种手段发一笔财,用肮脏的钱替蝶吉赎身,准定没有好下场。而且再度当艺伎,也许会越陷越深哩。即便用包下艺伎挣的钱把蝶吉从仲之町赎出来,也不便让她在自己家当艺伎谋生。

固然有人对阿绢表示好感,却不到替她把女儿赎出来的程度。一个妇道人家,想独自营业,攒下零钱来替蝶吉赎身,又谈何容易。即使办到了,做妈妈的操持的行业也是违

---

[1] 原文作"括枕",里面装荞麦皮或茶叶渣,将两头扎紧的枕头。
[2] 葭町即芳町。

背天意的。与其如此，不如牺牲自己，靠神佛的力量，也就是在冥冥之中，去拯救蝶吉吧。

总之，母女二人都干这苦海生涯，乃是前世注定的命运。妈妈为了赎罪，就嫁给了一个叫作间黑源兵卫——诨名疯狗的把头。此人住在花川户町背胡同的连檐房里，开了一家职业介绍所，主要是为米店介绍打零工的人[1]。

把头打发一些流浪汉到各处的米店去干活。阿绢就到各店去收集工钱。桥场[2]、今户[3]一带自不用说，连本所[4]、下谷[5]以及离得更远的日本桥一带，她都是穿着草履跑来跑去。身体纤弱的阿绢，每天一大早儿起来，煮饭烧菜，挑水擦地板，都由她一个人包下来。然后就拖着沉重的脚步，到各爿店里去讨工钱，晚上回到家，又给把头斟酒，替他护理施灸后结的疤，捶肩揉腰，伺候他睡下。接着，那些流浪者交替着到他们家来住宿，楼上三个，店堂里五个什么的。阿绢先扣下介绍费，然后根据每个流浪者挣了多少工钱，按比例发给他们零用钱，并向他们收房钱。她噼里啪啦拨拉算盘

1　当时米店通过把头雇一些从地方上流浪到东京来的人舂米，工钱都交到把头手里，由把头分给工人。
2　桥场在隅田川西岸，今东京都台东区桥场一、二丁目。
3　今户在桥场南边。今台东区今户一、二丁目。
4　本所在今墨田区十间川以南。
5　下谷在今台东区内。

珠子来算这笔账，什么去五剩二呀，哪怕只差三厘，把头也会攥住她的发髻，将她拖倒在地。既然嫁了这么个残酷无情的丈夫，阿绢就只好每天坐在账房里，熬夜算账。好容易搞完了，舒了口气，业已精疲力竭，浑身瘫软，这才去陪丈夫睡觉。

真是何苦来呢！不论教人跳舞还是拉三弦，她本来是可以安安乐乐地过上清白生活的。她却偏去受这份削肉刮骨般的酷刑，即使坐牢从事苦役，恐怕还不至于这样呢。妈妈当时告诉蝶吉，自己并不是由于怕死后下地狱受苦受难而借此赎罪，她纯粹是为了蝶吉的缘故才这么做的。

也许即便是自谋出路，命中注定也要如此，然而积年的忧苦辛酸竟深重到这般地步，是阿绢所始料未及的。由于一天也得不到休息，她的身心都疲乏到极点，一个多月以前就害了病，卧床不起。丈夫疯狗源兵卫便把她赶出家门。阿绢没有力气跟丈夫吵嘴，无处可去，便来投奔这位耳背烂眼边儿的老妪。老妪的儿子一度经源兵卫介绍，去春过米，自然也得过阿绢的照应。他行为不轨，溜门撬锁偷东西，被抓了去，目前在服苦役。过去由于儿子的关系，老妪曾得过阿绢的好处。老妪不忘旧恩，将阿绢收留下来，照拂她。但老妪本来就穷得几乎揭不开锅，耳朵又不好使，想讨杯水喝，也听不见。阿绢受的是这样的看护,设身处地地替她想想,她心里该是什么滋味呢?蝶吉明知妈无人服侍,却连一个夜晚也未能守在她身边,那么又作何感想呢?到了这样的节骨眼儿上,人们就会不禁抱怨起神佛来。

说话间,过了晌午。老妪诚心诚意地准备了点简单的菜:咸干鱼串儿和油炸豆腐。

"妈,我替你烤吧。"

对阿绢来说,这是毕生最美好的回忆了。她回光返照,有气无力地倚着火钵坐起来。时令虽即将入夏,老妪还是怕她着凉,要在她背上披一条海带般黑不溜秋的被子。阿绢边把它扒拉下去边说:

"太脏了,好饭好菜都吃不香啦。"

蝶吉灵机一动,脱下自己的和式外褂,给妈妈穿上,并高高兴兴地说:

"挺素淡的,妈穿着正合适。"

阿绢瞧了瞧女儿的脸,一面把手伸进长袖,一面审视面子和里子,说了句:

"峰儿穿得怪讲究的哩。"

蝶吉的母亲兼有故乡京都的绝世姿色和江户的犟脾气。艺名阿小,不论在仲之町还是葭町,都是红得发紫的歌妓。

她年仅三十三，今年是她最后的大厄年[1]。当天傍晚留遗嘱说，要嫁给自己所看中的男人，便溘然长逝，丢下蝶吉独自在日本这茫茫人世间——而且又是在妓馆里——挣扎。不出十天，小石川柳町至丸山的洼地发了大水。一辆大车被洪水冲过来，撞在支地板的横木上[2]，地板塌陷，老妪遂淹死。由于没人替她出殡，蝶吉为了报答她在母亲临终前曾予以照顾，就将她葬在同一座庙里。

蝶吉至今还没能为母亲竖墓碑，可是只要有机会就去参拜。在结识梓以前，她最大的快乐就是到母亲的坟头上去，紧紧靠着它。

蝶吉相信，她之所以能见到梓，是身归泉世的阿绢牵的线。

有个晚上，她张开手给梓看。她的手指尖染红了，像是渗出了血似的。梓感到纳闷，问她是怎么回事。她说，今天去上坟时，用湿手攥线香[3]来着。她偎依着梓，哭道：

"我一辈子只和妈吃过一顿饭啊。"

她的手是冰凉的，梓情不自禁地将她那双手搂在自己

---

[1] 当时的人相信，女子十九岁、三十三岁、三十七岁是厄年，这里说"最后的"，恐系作者的误解。

[2] 日本式房屋，地板底下留有三十至五十厘米的空隙。

[3] 意思是包线香的红纸掉色，把湿手染红了。

怀里。

"你家信仰什么宗派？"

"不知道。"

"你问一问不就知道了吗？"

"那多可笑啊。"

"那么你上坟的时候念什么经？"

"我拼命念南无阿弥陀佛。"

——这个弱女子原来就这样独自在坟前哭泣啊。

梓这么思忖着，抱住她不撒手。

哎，怎么能抛弃她呢？蝶吉从小对社会怀着成见，愤恨不已，打定主意玩弄众多的好色之徒，吃他们的肉，喝他们的血来报仇雪恨，借以解除身心的痛苦。但是刚好母亲死了，志未酬。欺骗、耍弄自不用说，她对男人连一句奉承话也没说过。她把这样一个干干净净的身子献给了梓。她恰似一位亡国的公主。家破人亡，海枯山崩，树被砍伐，妇女被奸污。她怀着报仇的愿望，卧薪尝胆。而今却没有这个劲头和志气了，反而乞怜于梓，希望获得一点同情。天下再也没有比她更可怜可悲的人了。梓又何尝忍心遗弃她？

即将满期的蝶吉，自从借了款给母亲送殡后，由于无依无靠，心境凄凉，有点儿变得破罐破摔。本来就能喝几盅，酒量越来越大。有一次，在青楼陪客时喝醉了，深夜回来的路上，卧倒在京町[1]的露水上。她冻得肌肉和骨头都发了白，在月光映照下，仿佛是盖了一层霜。一位过路的土木建筑师傅看见了，把她抱进大阪屋。她虽苏醒过来了，可是胸口猛地感到一阵剧痛，于是留下病根子，每隔三天左右就犯一次。最后由于疼得厉害，咬紧牙关也还是要发出几声惨叫。于是在铺席上乱挠一气，滚来滚去。鸨母嫌吵得慌，将她的手脚捆起来，用手巾堵住她的嘴，还借口让她提神，叫她脱下布袜，在脚趾间接连施灸。蝶吉气愤地说，皮肤上起的燎泡，直到她进入妙龄后的今天还留着明显的疤痕。于是就像向妈妈撒娇一般，摇着肩膀，把脚并齐，夹着单衣下摆，露出小小的趾尖。她两眼噙着泪水，看见酒馆的纸隔扇上有个螃蟹形的破洞，就一面勾起脚趾去剜那个洞，一面像申斥似的说：

"怎么不补一补啊？怎么回事呀？怎么回事呀？"

梓责备她道：

"傻瓜！"

蝶吉热泪盈眶，鼻子也酸了，高兴地看着梓的脸。这个情景，梓是难以忘怀的。这个无依无靠的孤儿，憨态可掬，

---

[1] 京町是吉原花街五丁町之一。

说话不着边际，一味地依赖他，他又怎么忍心遗弃她呢？

当时由于鸨母以如此残忍的手段对待她，她愤愤不平，一赌气就到天神下的荐头行来了。她正拿不定主意是去柳桥呢，还是去葭町，有人私下里对她说，有个绝密的计划。要挑选十二个妇女，由一个梳头的、两个做针线的、一个厨师、一个医生、三个管事的陪着，在队长率领下赴巴黎或芝加哥的博览会[1]，让大家看看日本妇女是什么样子。展览馆盖在蔷薇花盛开的地方，周围还砌起朱漆墙垣。说是每日三块钱工资，为期十个月，并劝她去。她思忖道：自己即使死在东京，也没人关心，差点儿就去当这个展览品了。亏得在澡堂前面偶然遇见了梓，对他有所依恋，才没去，从而避免了受洋鬼子玩弄的命运。讲这件事的时候，蝶吉一直坐着，甩着胳膊说：

"我原想这样逗逗威风来着。"

这也未免太过分了，梓扑哧一声笑了出来。

"你没说'我乃好斗的母鸡是也'吗？"

蝶吉莞尔一笑道：

"差不离吧。"

她真是大大咧咧，目光短浅到极点。

---

1 万国博览会先后于1878年和1900年在巴黎，1893年在芝加哥召开。

"要不是我守在你身边，阿蝶，你指不定会有什么遭遇呢。"梓激动得连气都喘不过来，说道，"可你真不该把娃娃打掉，逼得我非撇下你，跟你分手不可。"

梓搂住蝶吉的脖颈，深入浅出地把自己对蝶吉的一片赤心和盘托出，而这腔真挚的感情是在一段漫长的期间内，由于一桩桩、一件件的事而培养起来的。

蝶吉刚听了一半，脸色就唰地变了。梓发自肺腑的话，一句句戳在她的心坎上。她忽而把脸扭到左边，忽而扭到右边，简直好像给梓看到了，她就受不住了。又仿佛恨不得溜出去，跑掉。但是梓的手越来越使劲，说话的声音越来越大，越来越开诚布公，于是弄得她魂不守舍，动弹不得。及至他谈到那档子事[1]，她终于悄然耷拉下头。额前的一绺青丝垂到梓的胳膊上，冰凉冰凉的，触动了梓的心。

他想道：

难道尘世的风会一下子就无情地刮散自己攀折的这朵女萝[2]上的露水不成。

"打一开始我就认为，像我们这样的关系，迟早得落个

---

1 指堕胎事。
2 女萝，也叫败酱，是一种多年生草本植物，开黄花。原文作"女郎花"。

悲惨的结局，所以每一次都是垂头丧气地来到这儿，蛮想开口谈谈分手的话。可是你不论说什么，做什么，总是使我的感情越来越深。每一次我都像是被灌了一剂麻醉药似的。

"如今，家里也待不下去了，我在谷中隐居着。我本来已打定主意要和你结为夫妻。反正已经闹成这步田地，我也豁出去啦。不再去管什么舆论啦，情理啦，人家爱怎么说就怎么说。

"可是，就在这当儿，我听见了那档子万万想不到的事。

"阿蝶，你太糊涂，不懂得人情世故。即使不知道这是犯法的、没有廉耻的事，凡是堕了胎的女子，心已经烂了，只要一天还披着人皮，有鼻子有眼睛，就不能跟对方结为夫妻。我这么说，你一定会抱怨我，嫌我太冷淡。正如我经常对你说的那样，我的姐姐和姑表姐妹也是做你这个营生的，而且都没少照顾我。也不知道是怎么个缘分，你对我也是有恩的，我明白应该报答你。甭瞧我这个样儿，说来怪害臊的，我也坐过马车，被人老爷长、老爷短地服侍过。可是我从来没有大声吩咐你做过一件事。你作为艺伎，老是对我说：

"'你太老实了，靠不住，我总觉得有点儿美中不足。你还是狠狠地骂我一顿，发发脾气，打我个耳光才好。'

"被一个男人迷恋到这个程度,你也够有造化的了。我经常写信到家乡去,对于给人玩弄的姐姐,也使用敬语。我明知按自己的身份是不该做这种事的,可是只要你写信来,我在回信中必然称你作'様'[1]。我既不是为了向你讨好,也不是为了巴结你,当上你的情人,才这样做的。

"道理我都懂。但是不论外表怎么样[2],我由于从小习惯了,所以真心把你当作朋友。我受过你的照顾,又觉得你可爱可怜,所以不顾一切地爱上了你。

"我是打心里把你看成体面的女子,看成闺秀,看成太太,才这么做的。我不说奉承的话。贫家女也能乘锦轿[3],指不定何等身份的人会看中你哩。但那样的男人,是想赢得你的心,让你喜欢他,迷上他,无非是为了达到玩弄你的目的。

"这不等于是用上等饲料填肥一只野鸭,好吃它的肉吗?赌徒啦,街上的小伙子就很难说啦,至于被有点儿身份的人真正爱上的艺伎,恐怕也就是你一个。

"求求你啦,留下这段回忆,就死了这条心吧。你不妨对人家说:

---

1 日本人写信时在对方的名字后面加上"様"字,表示敬意。
2 意指从外表上来看,艺伎是个卑贱的行业。
3 锦轿是贵族乘的轿子。意指出身贫寒的妇女,只要嫁得好,就能发迹。

"'神月曾经是我的丈夫。'

"并且告诉他们:'由于不便说明的原因而分了手。'

"这么说,绝不会丢你的脸。喏,明白了吧。

"等你再上了点岁数,稍微懂点儿事,就会明白你自己究竟干了什么,也会理解我这么做的苦衷。千万保重身体,好好忍受着,不要轻举妄动。虽然分手,我也不会遗弃你,背地里我会深深地想念你的。"

说到这里,神月万感交集,热泪盈眶,蝶吉就像个死人一样。

梓语重心长地说:

"我好意劝你,可不要再逞能,穿夹衣服。我跟你说过多少遍了,天热了以后,不要再在米饭上浇刨冰吃,也不要被人灌酒。喏,今年你赶上了大厄年,可要当心呀。"

说到这里,他忽然意识到手攥得太紧了,就稍微松开了一些。

"酒醒了吗?冷不冷?"

蝶吉若有所思地啜嚅道:

"不冷。"

"是吗?再着了凉,可就不好啦。"

这一次蝶吉以小鸟依人般天真、坦率的口气回答道:

"唉。"

梓照例一听到这声音,就怜爱交加,越发疼她。

"身体完全恢复了吗?"

"唉。"

"你是个任性的孩子,脾气犟,总是精神抖擞地猛冲猛撞,骨子里却是个地地道道的窝囊废。真让我放心不下。这阵子没在家里跟师姐吵嘴吗?"

"呵呵。"

蝶吉差点儿哭起来了,在半边脸上勉强露出一丝微笑。

"还是尽梦见妈妈吗?"

这一次,蝶吉没有答应"唉",只是背过脸去,将印染着轮形花纹和蓝帘条纹的长衬衫那火红的绉绸里子拽出来,擦擦眼睛说:

"什么都别说啦。我心里难过透啦,多可笑。"

她说着撒开袖口,圆睁杏眼,朝一边望着,好像故意不去看梓。

"哎呀呀,真糟糕,"她低下头,闭上两眼,用有气无力的声音说,"你撒开手吧。"

梓知道蝶吉还没有到方寸已乱的地步,就照她的意思撒开了手。他认为几乎处于失神状态的女人,也许会就势儿仰八叉跌倒。

蝶吉却安然无事，双手抱膝，出神地望着梓的脸，细声细气地说：

"你呀。"

"怎么啦？"

"求求你啦，不要看我的脸。"

梓情不自禁地掉过脸去。火钵里的炭火快熄了，灯台作竹筐状的煤油灯发出黯淡的光。只见两扇屏风上画着细细的芒草和许多已经开过的女萝、桔梗。布满乌云的天空上，斜月朦胧。昏暗的灯光映照出凄切的秋草图，恍若幻影，一片寂寥景象。

"我要哭了，背过身去行吗？"

梓从头到脚都发冷，点点头。蝶吉转过身去，屏风上便映出了她的姿影。她紧紧地抱住自己的胸口。

和服长袖从两边轻轻地拢过来，越发衬托出蝶吉那苗条的身段。肩下露出纤纤十指，扁岛田髻散乱了，几缕青丝摇曳着。她就那样端坐片刻，蓦地像折断了一般伏下去，整个儿的人仿佛蔫了，压低嗓门呜呜哭起来。梓也憋不住，背对背地陪她哭。他俩那模糊单薄的姿影，印在秋草图上。室内一丝风也没有，影子却晃悠起来，只见一个伏在铺席上，一个往墙上一靠，一对影子遂分开了。

半票圆辅

有个三游派[1]相声[2]演员，叫作圆辅。他招呼了一声"啊，那么……"，就拉开大和屋的格子门进来了。这个好汉，有时在酒筵上剪蜡花[3]，有时在曲艺场演压轴戏。每逢演压轴戏，必定送给老主顾半票，所以外号就叫半票圆辅。这一天晚上，铃木[4]散了场，不巧没有一个主顾肯带他去花街喝一杯，家里只有妹妹，也代替不了。所以就到附近的大和屋来坐坐。半票圆辅是这里的常客，这会儿又从神灯下面探探头。

这时有人从长火盆前面奇声怪调地应道：

"哟！"

莫非是这家的鸨母？不是。老女佣？不是。正在碾茶叶的包身艺伎？不是。猫吗？不是，不是，不是。那是汤岛天神中坡下的松寿司的儿子阿源。此人懂得了免费冶游的窍门，真是让人束手无策。他每夜像飞燕一样在数寄屋町的神

---

1 明治时代的单口相声界分柳派和三游派。
2 原文作"落語"，日本曲艺的一种，类似中国的单口相声。
3 意指正说单口相声时，旁边的蜡烛暗了，便随手剪剪蜡花。
4 铃木是铃木亭的简称，东京台东区上野二丁目至今还有一座叫作上野铃木亭的曲艺场。

灯底下鬼混。尤其大和屋又有一位这家伙所迷恋的艺伎蝶吉，他巴结起来也就不同寻常。以连别人家的拉门纸都管糊的手法，替艺伎跑腿，给老女佣当助手自不用说，有空儿还在长火盆前面替家猫梳毛。走运的话，还有这样的好处：能拽拽雏妓的袖子，拍拍婢女的屁股什么的。他不但碰了蝶吉的钉子，怀里揣的木屐也被头头烧成了灰。再加上这家的鸨母又责怪他剥削了自己的女儿[1]，简直成了狮子身上长的虫子[2]。他像捣蒜一样叩头道歉，说是明白了，今后一定当心，仍请关照。所以今天晚上又来了。

不巧包身艺伎都前去陪客，女佣忙忙碌碌，鸨母出门办事去了。火盆里的灰挺干净，灌上铁壶，水一会儿就煮沸了。这位风流好汉闲得无聊，变着花样摆弄那只猫，忽而爱抚，忽而摩挲，忽而又说：

"你怎么啦？"

要么就拽拽耳朵，数数胡子。就连畜生也忍不住了，喵的一声打了个哆嗦就要逃跑。他说：

"凭什么让你逃跑。"

于是抱紧了猫，搂住它的脖子。接着用手托腮帮子，念

---

[1] 在艺伎界，鸨母和艺伎以母女相称，所以这么说。
[2] 狮子身上的寄生虫专门吸狮子的血，这里是说源次郎恩将仇报。

头一转,模仿起"雪中讨奶恩爱深"[1]的桥段来,脸上也故意泛出闷闷不乐的神情。就在这当儿,那位"半票"招呼道:

"啊,那么……"

源次郎俨然摆出一副当家人的姿态,寒暄道:

"师父,请进,欢迎。"

圆辅马上就明白了,四下里打量着说:

"嘀,原来偏巧都出门去了,没人接待呀。大姐[2]到哪儿去啦?"

"听说又是这个。"

源次郎边说边朝着他那扁平脸的中央[3]指了指。他用一根指头将近视眼的镜圈垂直地划成两半,做着怪相。这位俳句师父今天晚上心血来潮,打扮得怪俏皮的,身穿短号衣,扎着三尺带,腰挂素花绸子烟袋荷包,象牙雕的烟袋杆儿,透露出他人品风雅。

圆辅套穿着两件小花纹薄绉绸和服。他隔着衣服,用手掌将自己细长的腿摩挲了三遍,一直摩挲到膝头,随即颓丧地把头一耷拉,说道:

---

1 歌舞伎剧里经常有父亲冒着大雪抱着没娘的娃娃,去讨奶吃的场面。
2 大姐指鸨母。
3 中央指的是鼻子。日语里,鼻子和花谐音,都读作"hana"。源次郎指着鼻子暗示鸨母赌花纸牌去了。

"啊,那么……"

源次郎倚着挂有三弦的柱子,若无其事地问道:

"看上去垂头丧气的,怎么啦?没有新交上情妇吗?"

圆辅又用手心从腮帮子搓到耳垂,说:

"不,这个,哈哈哈哈。说起来,你那位情妇怎样啦?陪客去了吗?"

"是这样,说是出远门[1]啦。"

"嘀,出远门了吗?这个那个的,够你焦心的。喏,情夫。"

圆辅边说边轻狂地使劲捅捅源次郎的屁股。

源次郎随即将两腿并紧,说:

"别这样,喏,多没意思。甭瞧我这样,还有操心的事哩。喏,喂。"

最后一句话是嗲里嗲气地说的。

"咦,操心!"圆辅双手扶席,紧接着又将身子向后一挺,"说出了心里话。队长[2],我甘拜下风。操心!你这小子,请客,请客。"

---

1 艺伎到本区以外的地方去参加酒筵,尤其是陪客人出去旅行,叫作出远门。
2 队长既是尊称又是戏称,可能是中日甲午战争后流行的词。

源次郎窃笑着说：

"等她回来了，让她请吧。"

"这可不敢当！"

"不，师父，咱们说点正经的。只要蝶吉回来了，我有办法让大家都打打牙祭。再小气，也能吃上鳝鱼或是鸡。中不溜的是冈政[1]，在雅致的店堂里吃上一顿。说不定大大破费一下，到伊豫纹[2]去。我家里开寿司店，甜东西，东道主又吃不惯。也就是这两三家吧。喏，你就等着好啦。"

"真的吗？"

"嗯，真的。"

"了不起！"圆辅大叫一声，鞠了个大躬，又抬起头，端正了姿势，"到哪儿去了呢？这下子我真盼望她早点回来。"

"听说是八丁堀[3]。"

"果然挺远。几点钟去的？"

"前天晚上就去了。也是这个，"他指指鼻子[4]，"喏，刚才派人来说，今天晚上再迟也回来。对吧，阿升？"

---

1 冈政是坐落在天神下的一家中等饭馆。
2 伊豫纹是台东区的一家高级饭馆。
3 八丁堀在今东京都中央区，原是一条沟渠，现已填埋。
4 意思是蝶吉也去赌花纸牌了。

女佣在厨房里答应道:

"唉。"

"喂,阿富!"

那个叫阿富的雏妓,将饭桶和茶壶挪到身边,借着这边的一点光,正在隔壁房间对着托盘扒饭呢。诚然是:

秋夜幼儿独进食。[1]

可怜巴巴的雏妓应了一声,咕嘟咕嘟喝起茶来。

"准回来吗?"

"说是一准回来。"

"太好啦!"

话音未落,门哗啦地拉开了。

圆辅回头看了看,喊道:

"哎呀,回府啦!"

他掉过身去,让开一条路。

源次突然伸过脖子来问道:

"谁呀?"

"是蝶吉姐。什么谁不谁的。"

"是吗?"

---

[1] 这是松尾芭蕉(1644—1694)所作俳句,描述死别了母亲的孩子之苦,见《芭蕉七部集》。

源次边说边撂下了猫，端正了姿势。

蝶吉无精打采地回来了。她是一身家常打扮：扎着围裙，腰系缎带，穿了件条纹布外褂。梳得紧紧的银杏返[1]，发髻蓬乱，神情呆滞，面颊瘦削，显得苍老。她凄然而入，谁也不理睬，直着两只眼睛冷漠地往楼上奔。

圆辅觉得希望可能会落空，就盯着她，一本正经地说：

"您回来啦。"

蝶吉只是说了声"回来了"，就绷着脸噔噔地上了楼。

圆辅摸摸他那光秃秃的前额说：

"情绪不佳呀，瞧那脸色多坏。看来是赌花牌输了一笔钱，这下子请吃饭的事也吹了。"

"哪里，师父，输赢跟请不请客一点儿关系也没有。至于情绪不佳，这一阵子一直是这样。倒不是凉粉做的梆子，反正总是气冲冲[2]的。"

"还是……"圆辅把下面的话咽了回去，又心领神会地问道，"那档子事吗？"

源次默默地点了点头。

---

1 银杏返是江户末期开始流行的日本妇女发型。
2 原文作"ぶりぶり"（buriburi），这里是双关语。日语里，此词用来形容生气状，也用来形容颤悠悠的东西。

圆辅压低嗓门接着问：

"说是那事儿给那位神月先生知道了，就和她断了关系。是真的吗？"

源次郎好像不愿意听，死样活气地回答了一声"嗯"。

"倒也难怪。虽然是天生的一对才子佳人，但是身份毕竟有高低啊。学士嘛，本来就很了不起，何况还是华族家的女婿。你说说，世上可真有荒唐鬼。年轻人再怎么相恋，可是身份这么高的一个人，由于艺伎的关系，竟离开了公馆。圆辅原也准备升大学的，正由于这个缘故，才放弃了，干脆当上了说书的。我觉得那个男的弄得没脸见人，但一听说她打了胎，就和她一刀两断，真是了不起。哼，尽管是个在酒席上该怎样交杯换盏都不懂的毛孩子，可是念过书的人到了节骨眼儿上到底有两下子，我算是服了。这么看来，蝶姐不光是迷恋上了男人英俊的外表。你认为两个人有破镜重圆的希望吗？"

"哪里的话。只要还有一线希望，蝶姐早就欢欢实实地闹腾开了，才不会垂头丧气的呢。"

"唔。那帮人对蝶姐说：'艺伎接客而有了身孕，那多寒碜呀。挺着个大肚子，在酒宴上完全败了客人的兴。倒不是食物中毒的癞蛤蟆[1]，反正临盆的时候，肠子都会耷拉下来哩。连在嘴上说说，都不雅。艺伎该不该怀孕，先去问问音羽屋[2]吧。'他们利用姑娘幼稚，欺负她，逼她喝下了药。看起来，这些人全都得被她抱怨。还指望吃她一顿呢，哼，别瞎扯淡啦。"

圆辅说罢，又气馁了。

源次神态自若地说：

"师父，叫你别愁嘛，你怎么老是犯嘀咕。"

"你瞧她那神色。没错儿，不但在八丁堀赌花纸牌输了，又瞧见我这个不共戴天的支那人[3]来了，还怎么能指望她请客呢。"

"请的当然是我喽，你只是个陪客而已。"

"咦，你也不大像是够格儿的呀。"

"我才够格儿哪。对不起，我阿源胸中自有成竹。"

圆辅逼问道：

"那么，请拿出打赌的证据来。"

---

1 日本民间相传，抽烟时要是向癞蛤蟆喷一口，它就会把肠子从嘴里掏出来洗。圆辅根据这个说法来开玩笑。
2 音羽屋指第五代尾上菊五郎。
3 原文写作"支那人"，却读作"呛呛"。中日甲午战争以来，日本军国主义者为了向人民灌输蔑视中国人的意识，而这样称呼中国人，以便为继续侵略中国作舆论准备。这里，圆辅把自己比作中国人。

"好，给你证据。师父，要是落空了，就把这个献给你怎么样？嘻嘻，小玩意儿。"

源次有意炫耀一下，就取下腰间的那只烟袋荷包。

圆辅翻过来看了看，摆弄着说：

"这可是你腰间之物[1]，万一没吃上那顿饭，能够做到'武士一言，驷马难追'吗？"

源次不知是学谁的腔调，以坚定的口吻说：

"没问题，我是江户儿嘛。"

"了不起！"

圆辅大叫一声，深深地鞠了一躬。

这时，从楼上传来了蝶吉连声喊叫"阿富，阿富"的声音，圆辅吃惊地抬起头来。

纸糊的狗[2]

"唉！"雏妓拖长了声音答应着，把饭盘向前一推，站起来，在楼梯底下仰起脸，娇声问道，"什么事，姐姐？"

"喏，今儿晚上我不舒服，不管是哪里来叫陪客，你

---

1 指腰间挂的烟袋荷包，兼有武士的腰刀之意。
2 日本民间相信狗可以保佑顺产。蝶吉由于后悔堕了胎，在屋子里吊起一只纸糊的狗（一种上了颜色的玩具）。

全给我回掉。要是姐姐回来了，就告诉她：'对不起，我先睡了。'"

"唉。"

"听清楚了吧？"

回来之后，蝶吉一直无所事事，闷闷不乐地站在五斗橱前面发愣。

她吩咐了雏妓后，就从楼梯口斜穿过房间，折回到五斗橱前面。只见第一个抽屉打开了一半。蝶吉感到意外地嘟囔道：

"哎呀呀，是我打开的吗？"

她一向把神月的照片立在这只抽屉里。

自从神月和她断绝了关系，即便背着人，而且神月并不知道，蝶吉也觉得不能随意去看那张照片。倒不是因为看了反而使她梦魂牵萦，徒感无常，所以故意不去看，而是觉得自己犯了错误，那个人既然说已经和她一刀两断了，就连相片她也不该看。

她甩手按着抽屉的边缘，迟迟疑疑踮起脚尖，胆战心惊地想偷看一下，却闭上了眼睛。她有气无力地身倚抽屉，又思忖道：

哎呀，过去，凡是有好吃的东西，我都是先供在这张照片前面，撤下来自己再吃的呀。

她受不住了,调过身来,用背一顶,抽屉就咚的一声关上了。刹那间,她魂不守舍,不由自主地双手掩面,低头哭泣。

过一会儿,又像活过来了似的仰起脸来。

屋子角落里立着两扇小屏风。从屏风后面露出了友禅棉袍的下摆。灯光纹丝不动,那里孤零零地陈放着一具服装华丽的尸体[1]。那就是蝶吉所侍奉的布娃娃。棉袍是用过去陪神月睡觉时穿的印染有轮形花纹的长衬衫改的。配以红绸里子,铺上暄腾腾的新棉花,下摆滚了一道淡紫色绉绸边,并加了一条天鹅绒衬领。她在一铺席的六分之一大的地方,铺上两床黄八丈[2]棉被,用屏风隔开。还放上个小小的枕头,让布娃娃睡在这里。顶棚上吊着一只体面的纸糊大狗,耷拉着四条腿,一动也不动。蝶吉是个性格洒脱的野丫头,宁可骑自行车,也不肯玩布娃娃。只因为堕了胎,神月便和她断绝了关系。当神月向她说明不得不离别的原因时,她才明白自己犯的是什么罪过。恍然大悟后,觉得因为和神月有缘,才怀了胎,她却没让胎儿见天日,就把小命儿葬送了。为了赎罪,她打算这么伺候下去,直到有朝一日追上孩子,牵起

---

1 这里把布娃娃叫作尸体,用以暗示蝶吉懊悔堕胎的心情。
2 黄八丈是原产于八丈岛的料子,黄地上有黑、褐色条纹。

他的手。恰似爱抚活孩子一般，她起来就给娃娃换衣服，抱着娃娃，让它看风车，搂在怀里，将小小的奶头按在娃娃嘴上，要么就和娃娃并枕而睡，在别人眼里看来，简直就是个疯子。

"哎呀，头疼，胸口疼，浑身没劲儿。睡吧。"

蝶吉和娃娃并着枕头，和衣而卧。她抻直下摆，将脚尖裹起，并把莹白如玉的臂搭在娃娃的棉睡衣上，和娃娃脸贴着脸说：

"孩子，你怎么啦？妈不好，赌花纸牌，输得一塌糊涂。两夜没合眼，头都快裂了。多不好啊，躲在仓库[1]里，六个人赌。一直点着灯，透不过气儿来的时候，就四下里洒上醋[2]。我大概快死了。自从挨了你爹的骂，妈就不赌花纸牌了，水也烧开了再喝。可是妈已经被遗弃了，再当心身体也是白搭。自从认识了他，我就总是对他说：'你要是把我甩了，我指不定会落个什么下场呢。'可是他还是遗弃了我。他叫我不要轻举妄动，我才不听他的呢。要不是认认真真地赌上一场有五块钱输赢的花纸牌，让头脑清醒清醒，我

1　赌博是被禁止的，所以躲起来赌。
2　日本民间相信，洒醋可以提神。

简直不知道自己是不是还活着。

"可我要是投河自尽嘛,就好像是跟他赌气似的,指不定让他心里多么不安呢。要是他嫌弃我,我和他在来世就不能结为夫妻了。他说并不是讨厌我,可是他必须在社会上保持体面,所以只得这么做。我却觉得他是只顾自己合适。

"反正我希望早死,管他呢。小乖,你要是个活娃娃就好了,可你光知道眨巴眼睛,什么都不说,一点都不带劲儿。假若我也死了,彼此都是死人,你大概也就肯开口了吧。爹说,我是什么都不懂做出来的事,他原谅我。小乖,我对你做了残忍的事,你准把我当成了鬼,当成了蛇,请饶恕我,叫我一声妈妈吧。"

她说着,仰过身去,把手悬空放在暗淡的灯光上看了看。

"哎呀,瘦了。尽熬夜,顾不上洗澡,变黑了。渐渐瘦得连影儿都没有了才好呢。"

她用另一只手抓住这只手的袖口,往肩上一拢,穿在胳膊上的和服袖子翻过来,膀子都露出来了。膀子上戴着一只偷偷地刻了个"神"字(神月的首字)的金属臂环[1],虽然

---

[1] 原文作"守",是神佛的护符。当时的人把护符装在叫作腕贯的金属环里,戴在膀子上,并在环下衬以天鹅绒,免得伤皮肤。

衬了天鹅绒，却紧得都快箍到白嫩的肌肤里去了。

蝶吉圆睁杏眼，出了一会儿神。她从枕上抬起头，不顾一切地突然咬住臂环，摇头甩发，抽抽搭搭地说：

"不干，我不干，决不分手！不干，不干，决不分手！"她浑身发颤。

"看看相片，不要紧吧。不行吗？哼，管它呢，我豁出去了。"

她正要一骨碌翻身爬起来，那只纸糊的狗模模糊糊映入眼帘。于是呼地叹口气，又突然倒在枕上。接着咂咂舌头，说了声：

"睡吧！"

她偎倚过去说：

"小乖，让我睡在边儿上，喏，吃咂儿吧。"

她也不管给人撞见了像是什么样儿，边说边拉开衣服，托着那丰满的白白的东西。可是一看，布娃娃的脸不见了。

心慌意乱

"哎呀，真奇怪。"

蝶吉大吃一惊，神色蓦地严肃起来。她这才想起，临出门时曾把棉睡衣的领子盖在布娃娃的脸上。

"咦，我觉得一直看见那张脸来着，难道是幻影吗？"

她不禁感到毛骨悚然，四下里打量了一下，莞尔一笑道：

"喂，我认为你长得像他，你倒捉弄起我来了，好狂妄！"

她边说边轻轻地打了一下棉睡衣，只觉得里面空空的，没有反应。

蝶吉哎呀一声纳闷了片刻，然后悄悄地提起棉睡衣的领子，提心吊胆地一掀，牡丹花般鲜艳的红绸里子便翻上来了。褥子上，连一张纸都没有。

蝶吉情不自禁地喊着："富儿！"直直地跳了起来。

这边，在谷中瑞林寺借住一间屋的学士神月梓，端端正正地倚桌阅读着《雨月物语》[1]，他忽然说了声："真怪！"便移开视线，朝屋子的一角望去。

他双手扶膝，正襟危坐，冥思片刻，随即拉过身边的一张借来的读经小桌，上面摆着他所喜爱的香炉。据说这香炉是用从前长在某殿[2]里的老梅树的木材雕刻而成。他拿起香炉，捻了一点香料，添在炉里，像是告诫自己般喃喃地说：

---

1 《雨月物语》是日本江户时代后期的小说家上田秋成（1734—1809）的代表作。
2 暗指"紫宸殿"。

"这可不成。"

他看了看煤油灯,重新伏案。由于屋子宽敞,灯光照不到陈旧的纸隔扇,那里是一片昏暗。这时从外面传来了咳嗽声,寺院的住持律师[1]云岳边说:"先生,读书哪。"边静悄悄地踱了进来。

他对学士作了个揖,感动不已地说:

"打扰了。我原想再跟您下一盘棋,正赶上您在朗读,就在外面等了会儿。不知道读的是什么,很好嘛。有纸隔扇挡着,断断续续的,听不大清。可是说也奇怪,今天晚上您的声音无比清澈嘹亮,实在像是白莲花上滚露珠,或是小溪流水映明月,简直把我吸引住了。我感到寂寥凄楚,心里不由得难过起来,不知您读的是什么?"

梓仿佛被一语道破了心事,回答说:

"有一桩稀奇古怪的事。师父,我读的是您也熟悉的《雨月》。不知怎的,我的声音使我自己都听得入了迷,边读边感到吃惊。就像是一滴滴地喝凉凉的清水似的,连唾沫都是凉的。近来也不知道是怎么回事,说话的时候,口水发黏,舌头都给裹住了,可不自在啦。可是刚才好像半边身子变成水做的,用清水冲洗过,融化了似的。那么,是不是觉

---

[1] 僧官分为三级:僧正、僧都、律师。

得爽快了呢？其实不然。这个地方……"

梓说到这里，像是感到冷似的隔着冰凉的衣服按住了胸口。他已闭门谢客达两个多月之久，脸色越发白净，眼睛愈益清亮，唇不涂而赤。头发略嫌长了一些，却油亮油亮的，清妍消瘦的面容，看上去令人吃惊。

"无非是心慌意乱吧！"

黄莺

"并不觉得疼，只是痒痒的，心里没有着落。压上个东西，就怦怦乱跳，心酸得厉害。要是坐着不动，就几乎要倒下去。我想分分神，就朗诵起来，我是轻易不这么做的。那声音连我自己都听得入迷了，用您的话来说，就是清澈嘹亮吧。"

"可不是嘛。说来也奇怪，调子铿锵，不啻是美妙的音乐，直通幽冥，连饿鬼畜生[1]都洗耳恭听。那么，您的心情是怎样的呢？"

"我觉得附在身上的邪魔像是忽然离开了我。恐怕就是这档子事。"神月微微含笑，羞惭地看着和尚那留着白须的

---

1 饿鬼畜生指堕入饿鬼道、畜生道里的亡灵。

枣形脸，"说实在的，我一直是藕断丝连……"

这里得交代一下梓是生长在盛行抽签、占卜、砧卦、占梦等迷信风气的人们当中的，而且受到了影响。

神月开始和蝶吉在歌枕频频幽会那阵子，由于已做了玉司子爵的女婿，所以在他来说花重金把蝶吉从苦海中拯救出来，并非难事。

神月和别人不一样，根据过去的经历，他晓得花街那些艺伎反而心地善良，诚恳，关怀人，尤其是有股侠气。然而他毕竟不曾认为她们的身子是干净、纯洁的。他的手掌和前额都从来没淌过不健康的汗水，浑身连颗痣都没有，更没有伤痕。他在歌枕的一室与蝶吉同衾之际，尽管爱欲炽烈，却像火中一条冷龙般守身如玉。他完全不想为这样一个婀娜窈窕的佳人而玷污自己，还在两个人的枕头之间留出空隙。一天早晨，蝶吉忽然醒了，把睡得迷迷糊糊的梓推醒，惊愕地四下里看看，说她刚刚做了一个梦。她梦见自己拎着三枝含苞待放的菖蒲花，站在暗处。周围亮了，太阳出来了。在金色的阳光照耀下，三朵花一下子全开了。她天真烂漫地问梓：这梦说明了什么呢？梓正在做噩梦，被魇住了，在梦幻中受着情欲的折磨，浑身出着冷汗。他听蝶吉讲她做的梦，内心羞愧，脸都红了。学士这才深深领会到蝶吉的心地多么纯洁，和这朵出淤泥而不染的楚楚白莲比起来，他自己的心

197

却是卑污的。

另外一次,一帮地位很高的军官叫条子[1],蝶吉去侍酒。有个军官,不但说了许多使蝶吉恼怒的话,还醉醺醺地伸手要摸她怀中那颗玉[2]。她发了脾气,啪地打了那家伙一记耳光。那家伙虎髯倒竖,像张飞一样大发雷霆,狠狠地踢她的侧腹,踢得她呜呜大哭。这样还不解恨,当天的东道主说,对不起客人,就把半死不活的蝶吉拖起来。两个人齐力按住她的手,用小刀割掉她前额的头发,将她轰出屋子。在场的其他艺伎和女佣,以及听了风声跑上楼来的伙计,都吓得直打哆嗦,没有一个敢出面拦阻。

当蝶吉一把搂住梓,气愤地诉说事情的经过时,梓简直忍不住了,巴不得当场就让她上车,把她移植到自己的家园里。[3]

女的说,不愿意给梓添麻烦,她要一辈子当艺伎,只要他不变心,不丢弃她就行了。但是梓经过耳闻目睹,越发了解她的禀性。所以不但是那一次,其他时候每逢怦然心动,他就想为她赎身。可是他在感情上天生有一种迷信,这一点

---

1 客人在饭馆吃饭时,如有叫条子的,艺伎馆便打发艺伎去陪酒奏乐。
2 玉指乳房。
3 这里指为蝶吉赎身,并和她结婚。

将在下文中谈到。

梓在天神神社院内，曾打定主意要报蝶吉的恩，然而一直没找到机会。次年一月，一批大学毕业生在伊豫纹举行新年会。蝶吉也在那里陪客。座中还有个神机军师朱武[1]。他在公寓的二楼租了间六铺席的屋子，席子上铺了块白熊皮，足足占了半个房间。他身穿和服便装，坐在这张熊皮上，就能操纵下谷的花街。他早就策划了秘计，埋伏好士兵[2]。酒宴正酣时，哇地发出一片射箭时的呐喊声[3]，猛地从梓身上扒下那件染有五个家徽[4]的黑绸外褂，披在蝶吉肩上。蝶吉说声"真高兴"，把手伸进袖子，套在她那外出陪客时穿的三重小袖礼服[5]上。她把里外衣一齐拢在胸前，拖着长长的下摆，一闪身就从屋子里消失了。人们为了庆祝情夫梓君健康，不知干了多少杯斟得满满的啤酒。

梓被扒去了外褂，就像是违犯了邸宅的禁令，靠夫人说

---

1 作者在这里引用《水浒传》中的人物朱武来比喻此人擅长出谋划策。
2 指艺伎。
3 此处把艺伎们叫唤的声音比作日本古战场上双方射箭时发出的呐喊。
4 五个家徽分别染在前襟两侧、两袖和背上。
5 这是日本妇女的礼装，用同样的料子做三件窄袖礼服，套在一起穿。

情从后院逃到远处去似的[1]，坐上人力车被送到歌枕去了。他醉得人事不省，次日黎明前起来，脸色依然很坏。蝶吉一直穿着那件外褂，坐在枕畔照看他。见他醒了，就拿起他的腰带，举止娴雅而又麻利地递给他，又提着正式地叠好的裙裤腰板[2]，伺候梓穿上。最后才留恋不舍地脱下那件外褂，帮他穿上。外褂上还有热气儿，也染上了香气。梓就那样回到公馆，径直走进去。只听得室内人声鼎沸，还夹有女人的声音。他拉开纸门一进去，侍女哎呀一声，跪下来迎接他。另一个人从他背后哗啦地又把门拉上了。挡雨板[3]拉开了一半，有拿掸子的，也有举起扫帚或团扇的。恍若一早就慌里慌张地准备进行突然袭击。屋里有一只黄莺，也不知道是从哪个缝儿里钻进来的，惹得大家乱嚷嚷。它从门框上飞到人家送来的一钵梅花的枝子上。那花儿正盛开着，像堆着一层雪一般。人们说着："不要让它跑了。"伸出扫帚来。梓边阻拦他们，边脱下那件外褂轻轻一扔，就把黄莺罩住，一股

---

1 日本封建时代，武士要是在诸侯的邸宅里与女人私通，就被斩首。江户文艺中有不少写这个题材的。在这些作品中，犯法的武士经诸侯的夫人说情，免除斩首处分，然而腰刀和外褂、裙裤都给扒掉，只剩下里面的和服，然后被赶出邸宅，流落他乡。
2 腰板是放在日本男子的裙裤后腰部的薄板。
3 原文作"雨户"。日本式房屋，在走廊尽头设橱，内装一叠板门，每逢刮风下雨以及晚上拉出，沿走廊（上下有木槽）逐块排放，不用时推入橱内。

脑儿落到地下。

二十四岁的梓伸进手去小心翼翼地抱起它,欣然沿着走廊进入龙子夫人的寝室,将黄莺放在她枕畔,叫醒了睡在床上的她,沾沾自喜地拿给她看。她只是冷漠地瞥了一眼,说了句:"还不到我起床的时间呢。"就头也不回,泰然自若地合上两眼。梓的脸色马上就变了,但并没有和她争吵,只是说了声:"对不起。"就走出屋去。

梓站在廊子里,叫人拿鸟笼来。等待着的时候,他觉得托在手上怪可怜的,就把黄莺揣在怀里,并眺望汤岛那一望无际的天空。那只黄莺竟在他怀里婉转地嘤嘤叫了三声。

直到鸟笼送到了,从怀里取出鸟儿来时,却连翅膀都不扑打一下。他以为鸟儿已跟他混熟了,岂料它缩起两翼,啊,真可怜,眼睛已不会转了。他把死去的黄莺装在描金鸟笼里,派人专程去把它埋掉,并拿那钵梅花陪葬。从此这件事总是萦回在他的脑际,成了心病。他也知道为蝶吉赎身,总不至于发生像黄莺那样的事。但他从小迷信,觉得外褂是个兆头,倘若救出蝶吉,让她成为掌中之玉,要不了多久就会破碎。她大概很快就会患上病,一命呜呼。由于这种想法牵制着他,为了让阿蝶享尽天年,他就老是踌躇着,明明有这个意思,却迟迟不肯为她赎身。

"……我和蝶吉已经一刀两断,于心无愧,也没有做什么见不得人的事。但实际上还是对她依恋不舍。我打算迟早到玉司家去,跟龙子正式离婚,坦率地告诉她,我要为艺伎赎身,向她要一笔钱。即便人家议论说我讨了赡养费,我也不在乎。尽管我无意和她重温旧谊,起码也想把她救出苦海,让她从良。师父,虽然说来脸红,我还是统统告诉你吧。说实在的,就是因为有这么个盼头,我有点觉得好像还没完全和她断绝关系,只是暂时不见面而已。

"刚才不是有个体面的老太婆来看过我吗?她是龙子的奶妈,多年以来,在玉司家当总管。几十年没出过门,连火车都没坐过。她就是为这事儿来的,苦口婆心要我回去。她说:

"'小姐就是那么个脾气,打死也不会说出来。但无论如何您是她唯一的男人,自从您离开了家,她就郁闷得谁也不肯见。

"'医生说是神经衰弱。她患了失眠症,甭说三四天了,有时一连七天都完全睡不着觉,苦恼得厉害。前些日子正在打盹儿,侍女从廊檐下走过,脚步重了一些,把她吵醒了。她一发脾气,拿起小刀丢过去,差点儿戳在侍女的胸脯上。

"'这阵子闹得一步也不肯走出屋。不管小姐表面上是

什么样子，她的心事只有我这个做奶妈的最清楚。'

"所以奶妈就劝我回去。她还说：

"'听说您现在闭门不出，品行也端正了。'

"那个犟脾气的老奶妈变得很是谦恭，恐怕她讲的不是假话。

"但是我斩钉截铁地对老奶妈说：

"'唔，我这才知道，别看夫人那样，竟对我有这么深的感情。可是局面已经无法挽回了。

"'我之所以谨言慎行，并不是为了想回玉司家去而做出的苦肉计。我只是因为觉得对不起祖先，才闭门反省的。所以就请夫人死了这条心吧。'

"我就这样把她打发回去了。"

"哦。"和尚点点头，沉吟了半晌，"喏，你的心情逐渐平静下来了，回答得很好。好得很哪。"

说到这里，和尚审视着梓那神情凄楚的面孔，问道：

"那么，你心里爽快了吧？"

"对，这下子爽快了。当我还有棵摇钱树，暗中想替蝶吉赎身，让她从良的时候，不知怎的，内心深处还温情脉脉的。现在已经坚决地把来人打发回去了，况且也知道了夫人的心情，不论我怎样破罐破摔，也不能再厚着脸皮向她开口。这么一来，跟蝶儿也彻底断了关系。我觉得就像是一个人被丢在孤岛上似的，无依无靠。说来也真惭愧，恐怕正是由于这个缘故，我才心慌意乱的。"

学士那清秀的面孔泛着凄笑。

"嘻，你还年轻嘛，不宜大彻大悟。多迷恋迷恋也有意思。"

和尚以真正看破红尘的口吻说罢，朗笑了几声。临走时大声说：

"给先生倒杯茶！"

梓又伏案读书。但是木桌角是压不住心跳的。他郁悒心慌，几乎要晕过去了。他再也憋不住，就穿着那件熏了香的家常衣服出了门了。这种时候，他必然到汤岛去。

白木匣

蝶吉用惊慌失措、肝火很旺的声音喊道：

"富儿，喂，富儿，你看见我的布娃娃了吗？"

源次听罢，心中有数地对旁边的人使了个眼色说：

"就是那档子事儿。"

"来啦。"

圆辅小声说。随即无缘无故地拍拍脑袋，缩缩脖子，咳嗽一声，用假嗓子朝二楼喊道：

"阿蝶姐，什么事呀？布娃娃？出了大事儿啦，哪里顾得上布娃娃！真是大事儿，了不起的事儿。"

蝶吉恼怒地冷冷问道：

"什么事呀？"

"喂，你倒是来呀，下楼来嘛。"

蝶吉不予理睬，只顾喊雏妓：

"富儿，富儿呀！"

"请你下来呀。出了件大事儿哩。阿蝶姐，神月老爷……"

"咦？"

"瞧。"

源次捅捅圆辅，咧嘴一笑。圆辅越发起劲了：

"喏，老爷寄包裹来啦。"

"咦？"

源次也从旁插嘴道：

"神月先生寄来了东西。"

"不知道。"

蝶吉的口气虽然冷漠，却带有一点柔和的底蕴。圆辅在楼下听得分明，就又说：

"你应该认识的呀。这位神月先生……"

"你甭管。"

205

圆辅装腔作势地说：

"那么你就甭要了呗。"

大家面面相觑，都不吭声了。

"富儿。"

"啊，又是富儿。"

圆辅说罢，朝着来到门限那儿伫立着的雏妓，使了使眼色。

"我不知道。"过了半晌，她又温和地说，"不知道什么包裹。"

源次一本正经地说：

"是真的呀。你疑心什么？"

"尽说瞎话。"

蝶吉说着，似乎迟疑了片刻，只听得楼梯咚地响了一声。

楼下的人大惊小怪地阻拦道：

"等一等，阿蝶姐，还得要收据哪！要是下来的话，请带钱包。"

蝶吉用男人般的腔调豪爽地说：

"好的。"

蝶吉刚才哄着布娃娃躺了一阵，衣服穿得邋邋遢遢，高一脚低一脚地走下楼来。她在众人面前装出一副满不在乎的样子，抽冷子像娃娃缠着要什么东西似的问道：

"在哪儿呢?"

"瞧你这急性子。师父,给她拿出来吧。"

"请先给收据。"

"都输光了,剩不下多少了。"

圆辅穿的是缎子里的细纹绉绸和服,套了一件同样料子的薄外褂。他说了声:"了不起!"就呼啦一下掀起外褂,从青灰色腰带间拔下折扇,砰地放在膝前,探过身子,接住钞票,问道:

"吃什么呢?"

源次已经在归着桌子了:

"喏,师父。"

"喂,阿升。"

阿升在厨房里应道:

"让您破费啦。"[1]

"那么,寄来的是啥呢?"

圆辅说着,朝煤油灯伸过脸去。源次则头抵柱子,在角落里仰着脸。在长火盆前面,两个人的上半身刚好交叉成X形。

有个头发花白的老妪在对面坐下来说:

---

1 圆辅本来是想叫女佣去叫饭馆送吃的来。女佣也想吃一份,所以这样回答。

"我也来奉陪,真是多谢喽。"

这是个典型的衰老了的鸨母,名叫阿仓。花白的头发,眼睛已经落了坑,还把牙齿染得漂漂亮亮的[1]。打胎的秘方怎么煎,怎么喝,打掉后如何收拾,连事后怎样保养,都是这个有口臭的老妪一手包办的。

蝶吉没承想真收到了包裹。有个时期,她曾按照梓的嘱咐没有再赌花纸牌,可她毕竟年轻,刚才又赌得精疲力竭,惨败而归。接到包裹固然高兴,又觉得对不住梓,怎样也掩饰不住愧色。她两手发颤,把包裹抱到亮处,怕人看到脸,眼睛也不敢抬,连耳根都涨红了。她楚楚可怜地端坐着,左看看,右看看,说:

"哎呀呀,写着'大和屋松山峰子样收'哩。"

圆辅吆喝道:

"峰子样!哎唷!"

"你就嚷吧。"

蝶吉羞答答地把包裹翻过来看。

"神月寄……哎呀,怎么跟他平时的字迹不一样啊……好像不是同一个人写的。"

---

1 日本古代上流社会的妇女,将铁片浸泡在茶水或醋里,使之酸化后,用以涂牙齿。到了江户时代,这个风俗遍及各阶层的已婚妇女。

尽管她并没有怀疑什么，可是巴不得别人给证实一下，所以故意这么纳闷地嘟囔。

老妪装出一副一本正经的样子说：

"当然喽，他是成心换个字迹写的嘛。"

"是啊，怎么这么大呀。是什么呢？"

蝶吉把它当作玉匣[1]似的，双手捧着，闭上眼睛琢磨着。

蝶吉并没有生气，只是兴冲冲地把那包裹斜抱在腿上，拔下一根簪子，小心翼翼地拿在手里。

"真讨厌，封得这么严。"

她边说边像名工雕刻什么东西似的盯着包裹，用簪子尖儿挑开封口。

包在外面的那层纸打开了，《大和新闻》[2]的第一版哗地摊开在蝶吉腿上。里面不是别的，而是一只手提文卷箱大小的白木匣。

"瞧，瞧，拆着拆着包儿，阿蝶姐的神情就愉快起来了。"

源次郎挖苦道：

"这是怎么回事呢？真奇怪！"

---

1 玉匣指日本童话《浦岛太郎》中，龙宫里的公主送给浦岛太郎的宝匣。
2 《大和新闻》的前身是《警察新闻》，自1886年10月7日起改为这个名称，以刊载言情小说著称，读者大多是曲艺界的人。

"够啦，饶了我吧。"

"你也用不着生气呀，把脸鼓成那个样儿。"[1]

"专心致志啊。哎呀，简直受不了啦。嚪。"[2]

"咦，笑啦。"[3]

蝶吉莞尔一笑道：

"请原谅。"

她连忙捧着白木匣，回过脚来踢着和服下摆，一溜烟儿似的就上了楼。

圆辅大吃一惊，软瘫瘫地坐在那儿说：

"可了不得！"

由于收到了包裹，蝶吉认为神月已宽恕她了，所以一上楼，就首先把神月的照片揣在怀里。

"真对不起。我只当你再也不理睬我了，所以自暴自弃，又赌起花纸牌来了。请饶了我吧，行吗？我好像辜负了你的一番好意，可我是万不得已啊。以后我一定乖乖儿的。你以为我一直是听话的，对吗？我错了。我可以打开吗？好

---

[1] 从语尾看得出这是阿仓说的话。日文中，男女说话用的语尾有区别。圆辅和源次郎虽同是男性，但因身份不同，从用词就能辨别哪句话是谁说的。

[2] 这是圆辅说的话。

[3] 这是源次郎说的话。

高兴呀。"

她说着，紧紧抱着怀里的照片，浑身打哆嗦。

她惦念着匣子里的东西，神魂不定，双手发颤，兴奋得心脏几乎都停止了跳动。于是把相片按在胸前，拼命掀开了盖子。

匣子里装的是剥得一丝不挂的布娃娃，连张纸都没裹着。

她一眼瞥见了布娃娃，脸上唰地变了色。

"哎呀呀，真奇怪。是为了讽刺我而寄来的吗？已经使我落到这个地步了，怎么可能再做这样的事呢？他不是那种人。"

这当儿，她联想到了自己的布娃娃。

蝶吉心里发瘆，仿佛是在做梦似的，四下里打量着这间灯光暗淡、精致整洁而寂静的屋子。对啦。一听说神月寄来了包裹，她就神魂颠倒，把那件事忘了。她想起方才的事，就吓得把匣子丢在地下，站起来。虽然用不着顾忌什么，却蹑手蹑脚地悄悄踱过去，掀起被子一看，一无所有。于是毅然决然把那白皙的手伸到冰凉的小被窝里，只摸着了一团衣服——从窄袖和服到衬衣，以至绉绸兵儿带，一样也没少。那都是她为布娃娃精心缝制并给它穿上的。蝶吉屏着气，咽了口唾沫，端然而坐，把那团衣服拽过来，凝眸看着，脸上白得像纸一样。她扑簌簌地掉下眼泪，喊声"小乖"，就扑向那可怜的赤身娃娃，想将它抱起来。但是她抓住娃娃的胸脯后，娃娃的脑袋和四肢稀里哗啦地全脱落了，手里只剩下一截圆圆的躯体。她以为自己抓住的是一条蛇，就喊了声"讨厌"便使劲甩掉了。那截躯体腾空而起，砰的一声砸在穿衣镜上落了下去。

"哎呀！"

楼下哄堂大笑。圆辅亮了个相，说：

"刚才这声音，准是的。"[1]

"嘘！"

源次泛出如愿以偿的神色，制止了他。

圆辅说：

"揭下云井的印花贴在上面，用墨笔画邮戳，这技巧……"[2]

"够高明的吧！"[3]

"哎呀，可叫我饱了眼福。"[4]

这时，从楼上传来了刺耳的哭声：

---

1 在歌舞伎剧里，如果听到了可疑的声音，就用这句台词。圆辅听到蝶吉的喊声，从而知道他们想刺激她的阴谋得逞。
2 云井是江户时代的诸侯和富商喜欢抽的烟叶，产于常陆国久慈郡。此处指的是沿用此名的当时的烟丝。源次等人为了捉弄蝶吉，把印花充作邮票，用墨笔画了邮戳。
3 这句话是圆辅说的。
4 这句话是阿仓说的。

212

"气死我啦。"

接着,蝶吉用双手拽着细带子[1]的两头,边使劲扎在腰上,边踉踉跄跄走下楼来。她的神色大变,脸色苍白,眼角吊起,撇着嘴,咬牙切齿,将瞠目而视的雏妓一把拖过来,劲儿大得雏妓的小手都差点儿给攥碎了。

"哎呀,姐姐。"

蝶吉使劲儿按着她,厉声说:

"喏,告诉我。谁把我的布娃娃搞成那样了?我决不饶他。不许你说不知道。我好好儿托付过你……"

她浑身战栗,前额上暴起青筋。

"胳膊腿儿都散了,太狠心了,太狠心了。喏,你说说是谁干的。告诉我。明里暗里,姐姐总是护着你。告诉我呀。啊,畜生,你不说吗?"

"疼,疼,姐姐。"

雏妓憋不住了,哇的一声大哭起来。

灰尘飞扬

"嘿,嘿,你干什么,不要那么粗暴。"

---

[1] 原文作"下じめ"。日本妇女穿和服时,扎在宽腰带下面的细带子。

老妪抬起一个膝盖,直着腰,拽住蝶吉的袖子,想从中调停。

蝶吉扭动身子把她甩开,回头狠狠地看着她说:

"老婆婆,我也恨你。你信口胡说,把我骗了。问我肚子疼不疼,要给我揉一揉,我还只当你是出于一片好心呢。真窝心哪。畜生,放开,你干什么?"

阿仓刁悍地说:

"哎哟,好厉害,好厉害,哼。"

蝶吉两眼充血,眼看着就要扑到阿仓身上,所以呆呆地看着的圆辅便挤到两个人当中来。

"喂呀。"

"喏,我有主子,你们敢碰一个指头!你这个臭帮闲!"

蝶吉说着,打了他一记耳光。

圆辅抱住头,吃惊地说:

"可不得了!"

源次插嘴道:

"你有主子?真够意思!人家早把你扔了,你这个堕胎反倒怨起产婆的东西!"

源次怎么也没想到会闹成这么个局面。他原以为捉弄一下蝶吉,敲笔竹杠让她请客后,大笑一场就能了结。不但可以为木屐那档子事泄愤,还能借此和蝶吉言归于好,让蝶吉看看他有多么刁狡，从而爱上他。说起来，也真是贪得无厌。他耍着他的小把戏，今天晚上潇潇洒洒地穿着号衣，神气活现地摆起了臭架子。但是恶作剧做过了头，竟把布娃娃的四肢拽掉了。他见蝶吉面无人色，事态不是那么容易收拾，形势不妙，就想开溜。他骂了声"活该"，也没忘记把烟袋荷包掖在腰间，突然起身，抬起苍白的脚就大踏步往外走。

"等一等！"

"啊？"

"是你捣的鬼吧？源，你这个浑蛋！"

"不，是我！"

这时大和屋的鸨母坦率地这么说着，径直走了进来。她叫莺吉，徐娘半老，手段高强。她穿的和服和外褂都是用细条纹薄棉布做的，打扮得很俏丽。她环视了一下账房，里面挤满了人，就像是被暴风雨刮跑了屋顶那样热闹。随即从从容容地端坐在长火盆后面的黑天鹅绒面大坐垫上，那是她的座位。她说声"好冷"，摇了一下肩。

"大家静一静。阿蝶姐，你也坐下。"

"你说什么？"蝶吉依然站着，直着两只眼睛掉向鸨母，厉声说，"是你捣的鬼呀。"

"对，是我。"

"什么？"

"你这么站着干什么？"

"坐下又怎么样？"

"哎呀呀，这姑娘眼角都吊起来了，给她泼上点凉水吧。"

圆辅急得光知道说：

"啊，大姐。"

"阿蝶，我是主人。"

"哼，我可不是你的包身妓。谁给你这种又冷酷又不通情达理的家伙当包身妓。利用我无知，骗我喝药，害得我见不着他了。我连命都不要了。你太不体贴人了。究竟是哪一点不顺你的心，才把娃娃拆坏了的？喏，你明知道那是犯法的，还教给我，并逼着我去做，难道这还不够吗？畜生！缺德带冒烟儿的！你不是土包子吗？我可是在仲之町长大的哩。"

蝶吉激动得前言不搭后语。

"住嘴，住嘴，住嘴，啊？还不住嘴吗？"

话音未落，茑吉用手里的长烟袋杆儿啪地打了一下蝶吉的肩。

"畜生！"

"好狂妄！有本事先把欠的债还清了，再发牢骚好不好？不是包身妓又怎么样？对不起，你欠了一屁股债呢。可不是嘛，正因为您是在仲之町长大的，我才破格借了一大笔钱。自己没能耐，还交上个情人，居然怀上了孕，也不嫌晦气。像你这样的身子骨儿，准是难产。我怕你血淋淋地死去，才大发慈悲替你打掉的。再说，也妨碍生意。把你摆在这里，不是供你来消遣的。当小姐，也适可而止吧，疯丫头。凭什么从早到晚玩布娃娃！对其他姑娘也会有影响。楼上一间屋子睡五六个人，把那玩意儿摆在那儿也碍事。看你脸儿长得白净，技艺也高，挺叫座儿，就对你宽容一些，由着你的性子，你倒得意忘形了。什么，畜生？再说一遍试试。你不说，就逼着你说。"

话音刚落，她欠起身，隔着火盆毒打蝶吉的后颈。

蝶吉半疯狂地尖叫道：

"神月先生！"

圆辅窘得一个劲儿地搓手道：

"行了，行了，大姐。"

老妪嘟囔道：

"这张嘴就是不饶人。哼，有时候也得给她点厉害尝尝，不然的话，就越发放肆了。神月先生又怎么样？人家早就把你丢了，多没脸呀。有本事你就叫他来吧。"

"嗯，叫就叫！"

蝶吉哭道，正要站起来，老妪一把拽住了她。

"你干什么？"蝶吉软瘫瘫地倒下来，"可恨哪，可恨哪，可恨哪，可恨哪。你们伙同一气，要把我怎么着？反正也活不下去了，干脆杀死我算啦。喏，喏。"她像小儿撒娇似的，侧身而坐，从脸到身上，像刚从水里捞出来似的淌满了汗，不顾一切地顶撞道。

"凭什么杀你！你身上押着一大笔钱哪。喏，老婆婆，嘻嘻嘻嘻嘻。"

"可不是嘛，哈哈哈哈哈。"

二人笑着，不理睬蝶吉。

蝶吉脸色苍白，头发蓬乱，抽抽搭搭地哭道：

"不杀也没关系，没关系。不愿意就甭杀。反正我也要死了。我一股脑儿全告诉神月先生，你们等着瞧吧。谁都不关心我，这个世上一个个都是鬼。"

她好像神志也不清楚了，舌头不听使唤，语无伦次。

于是她有气无力地倚在老妪的膝上，肩膀一上一下地喘着气。敌人[1]伸出胳膊抓住了她，又用烟袋杆子朝着她的胸脯狠狠地一击：

---

1 敌人，指笃吉。

"喂，还不清醒清醒！"

蝶吉气得犬齿咬得咯吱直响，抽冷子推翻了火钵上的铁壶，轰隆一声灰尘飞扬，转瞬之间，灯光也暗了。蝶吉趁机势如脱兔，倏地就不见了。

"等一等！"

源次追出去，在门口抓住了她。

蝶吉直勾勾地默默看着源次，交叉着抡起拿在两只手里的低齿木屐，一只砍在他的半边脸上，击退了他，另一只将一扇毛玻璃门打得粉碎。蝶吉掉过身蹿出门去，一溜烟儿似的跑掉了。

"喂！站住！"

学士因为心慌意乱，在瑞林寺的寓所待不住了，就到汤岛去转了转。每逢这种时候，他都到那儿去消磨光阴。回到谷中的路上，一个年轻警察摸着黑突然抓住了他的手。

梓素来没做过亏心事，所以心平气和，沉着安详地回头问道：

"找我吗？"

警察好像挺激动，粗暴地问道：

"你这家伙，到哪儿去？"

"到谷中去。"

219

"哼，到墓原[1]睡觉去吗？瞎说八道，你是扒手吧？"

警察几乎像疯了一样胡言乱语。但梓替他设身处地一想，知道这个年轻警察并不是硬要诬陷他，也不是因为对罪犯恨之入骨才这样的。他仅仅是热心公务，血气方刚，从而抑制不住自己。

梓脸上露出一丝微笑，镇静地回答说：

"您尽管放心好了。"

不论是端详一下梓那清秀的面孔，还是闻一闻他身上熏的馨香，都能知道他是个体面的青年。但是警察对职务热衷得过了头。

"叫什么？门牌号码呢？"

"……"

警察用惊人的大嗓门嚷道：

"说呀！"

神月倒没什么可顾忌的，可是犯不上向警察报告真名实姓，就磕磕巴巴地说：

"玉……月……"

语尾含糊，警察却毫不放松地一个劲儿追问：

"玉……玉……玉什么？"

---

[1] 墓原在东京谷中七丁目，至今这里还有一大片坟地。

神月不由得惊慌起来，说道：

"玉月，啊，秋太郎。"

"住在哪儿？"

"住在公寓里。"

"在哪儿？叫什么？喂，快说呀。"

经警察这么一催，梓感到愕然，他觉得自己说了假名字，就犹豫起来。

警察狠狠地给了他一巴掌，盛气凌人地说：

"跟我来。"

这位体质羸弱的公子平生还不曾遭到过这样的耻辱。虽然在黑暗中看不见，他却乍然变了脸色，说：

"你！"

"别瞎叫，什么你不你的！"

警察说着，手掌又抡过来了。梓紧紧地攥住警察的手，声音发颤地说：

"告诉你我的名字吧。"

"什么？"

"我叫神月梓。"

梓边说，边把警察的手推开，随即叹了口气，低下头去。学士感到，自己的姓名一经在这儿报出来，就被大大玷污了。

警察一听，也不盘问他为什么要报假名字，马上变得和气了。

"神月就是你呀？"

梓心头的气还没消呢，就冷冷地回答道：

"有事吗？"

"哦，不管怎样，你到派出所来一趟吧。"

警察说罢，将事情的原委讲述了一遍。

刚才，根津的派出所抓了个神志不清的女人。她说话不得要领，只是口口声声要找神月。行人报告说，开头女人在路上走着的时候，有个男人跟在后面。由于女人不但穿得考究，姿色也非凡，据认为，给扒手或是什么不怀好意的家伙跟踪上了。所以一方面对女人进行调查，一方面通告警察来巡逻并追捕歹徒。

警察说到这里，嘲讽般地看看梓说：

"哼，是那个色情狂丈夫呀！"

星宿

说得对：色情狂丈夫。梓听到警察说出这句话，不禁感到绝望。

于是，他怀着走上冥途般的心情，经过弥生町，到了根津。由于夜已深了，倒没有围观的人。蝶吉在派出所里呜呜痛哭。她被反剪双手，半边脸被按进了装满水的提桶里。

腰带被解下来，和细带子一道卷在桌上。到了这般地步，她还没有忘记随身带着那些心爱的小镜子啦，插在头上的描金镂刻玳瑁梳子什么的。怀纸散得到处都是，其中还有梓眼熟的锦绸钱夹，乱七八糟丢在一起。蝶吉狼狈得就像被人强奸过似的，三个警察把她弄得动弹不得。一个人手执柄勺，往她头上浇凉水。她那乌发蓬得恍若海藻，前襟和下摆也叉开来，连乳房都裸露出来，浑身瑟瑟发抖。

梓气得咬牙切齿，蓦地走过去，责备警察不该这么对待她。但是警察回答得振振有词。

蝶吉的疯狂劲儿让人没法对付。一制止她，就说："我是有丈夫的人，不许碰我一个指头。"乱闹一气，拔下簪子猛扎。有个警察的手背都被她扎伤了。好容易抓住了她，但太危险，只得把双手反剪起来。再说，关于她的住址、姓名、身份，也得找个线索，不得不查随身带的东西。说不定她曾在路上受到迫害，为了查明身体的状况，就只好给她脱了衣服，自然也得解下腰带。她火气太大，流了许多鼻血，所以正在予以护理，用凉水镇一镇。学士来到时，警察已查明一路上跟踪女人的那个男子是谁了。

那是个身穿染有家徽的礼服、贼眉鼠眼的家伙。他原来也是个大学生，和学士素有怨仇，而今落魄为府下[1]一家小报的采访记者。眼下他正把臂肘支在派出所的窗上，双手托腮，看热闹呢。

"喂，神月。"

学士没有搭腔。他对警察更没有话说，只是一把将半死不活、可怜巴巴的蝶吉横抱在腿上。

"我是神月。"

对方情不自禁地紧紧抱住他，再也不肯撒手，几乎把他的骨头都勒碎了。神月哄着她，让她扎上腰带，帮她把前襟对齐，并给她穿上东一只西一只地落在地上的低齿木屐，手牵着手正要走出派出所时，警察说声"喂，忘了东西"，把他的一张照片扔了出来。那是他二十岁时的留影，身穿大学生的制服，腋下夹着折叠式皮包。他拿过照片，和蝶吉一道消失在方灯[2]所照不到的黑暗中。

随后，在城市一角，一辆人力车丁零零地响着铃铛，沿着深更半夜的大街，穿过山下[3]，从广德寺[4]前面驶过。这时，两个人一道坐在车上，蝶吉横着身子，乌发披散到挡泥

---

1 当时的东京叫东京府。
2 原文作"角燈"，明治时代日本警察值夜班时使用的四面玻璃的提灯。
3 山下指上野山下，在上野车站南口一带。
4 广德寺在今台东区上野四丁目。

板上。梓把自己的双颊贴在她那仰起的脸上。当时两个人是搂抱着的,在大川里却分开了。[1]

男人用双手紧紧捂住脸,掰也掰不开。女人用细带把双手捆在心窝上。

遗体下葬时,疾风骤起,尘沙旋转,昏天黑地,半座城笼罩在黑暗中,并下起瓢泼大雨。灵柩是大白天摸着黑运去的,但是到达寺院的时候,已经是万里晴空了。

神月梓和松山峰子的两座坟墓,排立在谷中的瑞林寺里。

梓的三个生前好友经常来凭吊他们。玉司子爵夫人龙子也悄悄前往。有个晚上,龙子在墓前与三位学士不期相遇。她跪下央求道:请他们以自己的名誉发誓,对她来扫墓一事予以保密,决不透露出去。哲学家立即在灵前合掌,照她的意思发了誓。柳泽在卵塔[2]后面肃然颔首,唯有龙田,将红颜伏在柳泽的胸膛上,边摇头边扑簌簌地流下泪来。

当时这两颗变成紫色或绿色的灿烂星宿,想必也在闪烁吧!

（1899年12月）

---

1 两个人可能是从吾妻桥投河自尽的。
2 卵塔指基石,古代日本的墓石雕成卵状,故名。

高野圣僧

一

"我本来不想再打开参谋本部[1]编纂的地图看,可是路太糟糕了,所以就撩起摸着都闷热的行旅穿的法衣袖子,掏出那带封皮的折叠本。

"那是从飞驒[2]通往信州[3]的深山里的岔道,想停下来歇口气嘛,连棵树都没有。左右全是山,山峰好像伸手就能够着。峰峦相叠,岭上有岭,不见飞鸟,也没有一丝云彩。

"我孤零零地站在道路和天空之间。大概已到了响午,炽热的太阳光鲜明得发白。我靠深深地扣在头上的单层扁柏笠[4]遮着阳光,查看地图。"

旅僧说罢,低下头,双拳放在枕头上,托着额。

我和这位上人[5]在路上结了伴。我们从名古屋来到越前[6]敦贺[7]的这家客栈下榻,刚刚睡下。据我的观察,他不大仰起脸来。也就是说,他是个态度傲然,对周围的事物不屑一

---

1 参谋本部是日本旧陆军的一个组织,系负责国防、用兵等最高统率官署。
2 飞驒是日本旧国名,也叫飞州,今岐阜县北部。
3 信州是信浓国的别称,今长野县。信浓国府为松本,叫信府。
4 将扁柏削成薄片编制的斗笠。
5 上人是佛教里对僧人的尊称。
6 越前是日本旧国名,今福井县东部。
7 敦贺是福井县南部,面临敦贺湾的港湾城市。

顾的人。

记得我们是在东海道[1]的挂川[2]车站搭乘同一辆火车的。他在座位的角落里低着头，像死灰一般毫无生气，所以我没怎么理会他。

在尾张的车站[3]，其他乘客仿佛商量好似的，全下了车，车厢里只剩下了上人和我两个人。

那趟列车是昨天晚上九点半钟从新桥[4]出发的，将于今天傍晚抵敦贺。晌午经过名古屋时，我和旅僧各买了一盒寿司。一打开盖子，是很次的什锦饭[5]，稀稀落落地撒着几片紫菜。

我冒冒失失地尖叫道：

"哎呀，尽是胡萝卜和葫芦干。"

旅僧看着我的脸，好像忍不住了，吃吃地笑起来。本来就只剩下两个人了，我们就交上了朋友。一问，他说要赴越前，到另一宗派的永平寺[6]去造访一个人。不过，要在敦贺

---

1 东海道是从京都通到江户（今东京）的路。
2 挂川是静冈县西部的城市。
3 尾张的车站即名古屋车站。
4 新桥是东京都港区汐留川上的桥。以新桥站为中心的港区东北部也叫新桥。旧新桥站（现在叫汐留站）是日本最早的铁路起点站。
5 原文作"五目饭"，在米饭里拌上醋，再撒上蔬菜鱼肉做成。
6 永平寺在福井县吉田郡内，是曹洞宗的总寺。

住一宿。

我是回若狭[1]探亲，也得在同一处过夜，所以约好同行。

他说自己属于高野[2]山的寺院。他年约四十五六。长得平平常常，和蔼可亲，举止安详。身穿方袖呢绒外套[3]，围着白法兰绒围巾，头戴土耳其型帽子，手上戴着毛线手套，脚上是白色分趾袜和晴天穿的矮木屐。乍一看，与其说是僧侣，倒更像俗世的师家[4]，说不定比师家还要俗气。他问我：

"住哪家客栈？"

于是我深深慨叹独自旅行，在客栈过夜有多么无聊。首先，女佣拿着托盘就打起盹儿来，掌柜的心不在焉地说上几句奉承话，旅客从走廊经过时，还盯着他看。最难以忍受的是，吃罢晚饭，把碗筷撤掉后，马上换成座灯，命令旅客在昏暗的地方睡觉。我是深夜才能入睡的人，这段时间，滋味就甭提有多么难过了。尤其近来夜长了，自从离开东京，就

---

[1] 若狭是日本旧国名，也叫若州，今福井县西部。
[2] 高野是高野山的简称。在和歌山西北部。816年，空海和尚（774—835）在这里创建了真言宗的总寺金刚峰寺。
[3] 一种窄领和服外套。
[4] 原文作"宗匠"。日本自20世纪以来，各种技艺，如音乐、舞蹈、茶道、花道，乃至能乐、歌舞会等，都有创立流派、继承传统的师家制度。

不断嘀咕该怎样打发这一宵。我对师父表示，要是没什么不方便的话，真想和他住在一起。

他爽快地点点头说：

"我在北陆[1]地方云游的时候总是在香取屋过夜。那本来是一家客栈，自从遐迩闻名的独生女去世后，就关了门。但是对老顾客概不谢绝，由老夫妇恭谨地予以照料。高兴的话，就一道去吧。可是……"

说到这里，和尚撂下木片饭盒，呵呵笑道：

"除了胡萝卜和葫芦干，没什么好招待的。"

看上去像是个小心谨慎的人，没想到还蛮风趣的。

二

经过岐阜[2]时，还能看到晴空，底下就是驰名的北国[3]天空了。米原[4]、长滨[5]浓云叆叇，阳光微弱，寒气袭人。到了柳濑[6]下起雨来，车窗外面越来越暗，雨雪交加了。

---

1 北陆是北陆道的简称。包括若狭、越前等七国。
2 岐阜是岐阜县南部的城市。
3 北国指北陆地带。日本海沿岸阴天较多。
4 米原是滋贺县坂田郡的城市，濒临琵琶湖东岸。
5 长滨是滋贺县东北部的城市，位于琵琶湖东北岸，和米原相隔两站。
6 柳濑是滋贺县伊香郡的城市，当时是北陆线的一个站。

"下雪啦。"

"是啊。"

旅僧虽然搭了腔,却毫不在意,也不抬头看看天空。不只是这一次,就连我指着古战场,告诉他"这是贱岳[1]",以及谈琵琶湖的风景时,他也仅仅点点头而已。

敦贺有招徕旅客的恶习,令人烦恼到起鸡皮疙瘩的程度。这一天也不出所料,一下火车,从车站出口到街头,手执写有客栈字号的灯笼和纸伞的人们挤得水泄不通。他们把旅客密密匝匝包围起来,喧嚣地叫嚷各自的字号。甚至有的一把抢过旅客手里提的行李,并来上一句"得,谢谢您啦"的话。有患头痛毛病的人会着急上火,忍无可忍。然而旅僧照例低着头,从从容容地走了过去。他一点也不显眼,所以没人拽他的袖子,我就侥幸地跟在他后面走上大街,这才舒了一口气。

雨水不见了,又干又轻的雪花越下越紧,唰唰地打在脸上。刚交傍晚,敦贺的街道两侧,家家户户已上了门,阒然无人。我们沿着纵横交叉的街道前行,宽宽的十字路口积满了白雪。走了将近九百米,就到了目的地香取屋的檐下。

这是一座老房子。壁龛和客厅都没有特别的摆设,柱

---

[1] 贱岳在滋贺县伊香郡。1583年,羽柴秀吉曾在这里击败柴田胜家等大军。

子却很讲究，铺席也是崭新的。地炉很大，排着两座漂亮的灶。自在钩[1]是鲤鱼形的，身上的鳞闪闪发光，简直像是黄金铸造的。钩子上挂着一口硕大的锅，看上去足可以煮一斗米的饭。

老板是秃头，茫然坐在火盆前，将手指缩在棉布和服的窄袖里。老板娘却是个和蔼殷勤的老太太，旅僧一提起胡萝卜和葫芦干的故事，她就笑嘻嘻地端出饭菜来：有小白鱼干、鲽鱼干以及放了海带丝的豆酱汤。言谈举止，都显得和上人交情很深，我这个旅伴，就甭提有多么自在了。

老板娘随后在楼上为我们铺好了被窝。顶棚低矮，梁是圆木做的，足有两抱粗，从屋脊斜搭过来，尽头的房檐那儿，低得几乎连头都伸不直。盖得结结实实，即使后山有雪崩，也顶得住。

尤其是有熏笼[2]，我就欣然钻进去睡了。熏笼的另一头也铺了一套被褥，旅僧却没有过去，他和我并着枕头，睡在没有火气的被子里。

上人入睡时不解带，当然也不宽衣，他和衣蜷起身子，脸朝下，把腰部先伸进棉被，将棉被的袖子披在肩上，双手

---

1 日本旧式房屋，从梁上垂下一根可以自由伸缩的钩子，用来吊锅壶等。
2 熏笼是日本的取暖工具，也可以译作被炉。在火盆上放个水架，罩以棉被做成。

233

扶褥，伏下身去。姿势和我们相反，把脸伏在枕头上。

看来他即将悄然入睡，我就坦率地像孩子一样央求道：

"我在火车里说过好几遍了。我这个人，不到半夜是睡不着觉的。请可怜可怜我，再陪我一会儿，讲讲云游各国有趣的见闻吧。"

上人点点头说：

"我打中年起，就养成了不仰着睡的习惯，睡觉就是这么个姿势。可是眼睛亮亮的，和你一样且睡不着呢。我虽然是个出家人，也不一定就光是讲经说法。小伙子，好好听吧。"

于是，他就讲起来了。事后听说，他是六明寺的大和尚，叫作宗朝，系宗门[1]著名的说教师。

三

"说是这屋里还要来一个卖漆器的行商。是你的同乡，若狭人。年纪虽然轻，却是个好样的耿直人，值得佩服。

"我起初提到过在飞驒翻山的事。在山脚下的茶馆，我

---

1 这里指净土宗。

和富山[1]的一个卖药的结了伴儿。那个后生说话黏黏糊糊，讨厌极了。

"翻山的那一天，半夜三点左右就从客栈起身了，趁着凉快一鼓作气走了六里来路，到了那个茶馆。是个晴朗的早晨，闷热得厉害。

"我太贪心，紧走慢走，嗓子干得不行，想马上喝杯茶，但说是水还没烧开呢。

"那是难得有人经过的山路。虽然已到了这个辰光，但牵牛花还开着的当儿，是不可能冒柴烟的。

"马扎子前面有条小溪，水看上去挺凉。我刚要从提桶里舀水，忽然发觉了一件事。

"正赶上炎热季节，这一带流行着可怕的疾病，方才经过的辻村，遍地撒着石灰。[2]

"'喂，大姐，'我觉得不大好意思，就迟迟疑疑地向茶馆的老板娘问道，'这是井水吗？'

"她说：'不，是河水。'

"我心想：真有点奇怪。就又说：'山底下正流行传染病，这水不是从辻村那边流过来的吗？'

---

1 富山是富山县中部的城市。
2 撒石灰是消毒用的。

"老板娘漫不经心地回答说:'不是的。'

"于是,我感到很高兴。你就听我说下去吧。

"那个卖药的,已经在那儿歇了好一会儿了。你也知道,兜售万金丹[1]的这种家伙,个个都是同样的装束。总是穿着细条纹单衣,扎着小仓腰带,如今还时兴掖上一块表。紧腿裤上打着绑腿,脚上自然是草鞋。脖子上绑着有棱角的葱绿棉布包袱。[2]要么把桐油斗篷[3]叠小了,用真田绳[4]捆在包袱上;要么就带上一把细方格花纹布伞。乍一看,个个显得规规矩矩,明白事理。

"这种家伙只要一住进客栈,就换上大花纹的单衣,腰带扎得松松的,呷着白酒,把小腿搭在客栈侍女那丰满的膝上。

"当时,这家伙一开始就没把我看在眼里,竟说什么:'喂,花和尚[5],倒不是我说话特别。已经注定了世上不会有女人跟你相好,剃成了秃葫芦,难道还贪生怕死吗?真是怪事,本性难移啊。大姐,你瞧,那身打扮还迷恋人世,够

---

1 万金丹是富山所产的著名丸药。
2 包袱有棱角,说明里面是药箱。
3 在美浓纸上涂以桐油做成的防雨斗篷。美浓纸是美浓国(今岐阜)出产的质地结实的日本纸。
4 真田绳是扁平的线绳,据说是日本武将真田昌幸(1547—1611)头一个用的,故名。
5 原文作"法界坊",是奈河七五三助(1754—1814)所作歌舞伎剧《隅田川续佛》里的一名好色残忍的破戒僧,后来成了骂和尚的词。

意思的。'

"于是，两个人你看看我，我看看你，哈哈大笑。

"那时我还年轻哪，不由得涨红了脸，犹豫着不敢喝手里舀的那杯水。

"那家伙砰地磕打了一下烟袋锅子：

"'喂，别客气，你就敞开喝吧。小命儿有危险，我给你药吃。我就是为了这个，才跟着你的。对吧，大姐？可不能白给，别见怪，一袋神方万金丹值三文钱。想要就掏钱。我决不造那份孽，向和尚施舍。[1]喂，你答应不答应？'

"卖药的说罢，拍拍茶馆老板娘的背。

"我赶紧跑掉了。

"我都这么一把岁数了，又是个和尚，竟跟你说什么膝啦，女人的背啦，请原谅。但是事情的经过就是如此，请多包涵。"

四

"我一赌气，拼命赶路，大步流星地从山脚下走上了田间的小路。

---

[1] 向和尚施舍是为了赎罪，卖药的故意说反话。

"走了五十多米，忽然到了上坡路。从旁边看得很分明，仿佛是用土造的一座拱形敕使桥[1]。我抬头看着坡，正要迈上去，那个卖药的跨着大步追上了我。

"他没招呼我。即使他招呼了，我也无意搭理他。卖药的态度傲慢，斜眼瞥着我，成心匆匆地赶过我去，用伞杵着小山那样弓起的上坡路尽头，伫立片刻，随即走下去，消失了踪影。

"我踮起脚尖跟着他往上爬，不一会儿就到了鼓面般隆起的道路，旋即径直走下去。

"卖药的先下了坡，停下步子，一个劲儿地环视着。我以为他执意要捉弄我，就怏怏地跟着走。可是仔细一看，他止步不前是有缘故的。

"这里，路变成了两条。一条是陡直的上坡路，两旁杂草丛生。路口的一角长着一棵四五抱粗的扁柏树。树后是重重叠叠的岩石，嶙峋险阻。我觉得我所要走的路并不是这一条，刚刚走过来的那条平坦宽敞的路才是正道。从这里走不到二里就是山，接着就该是山顶了。

"一看，也不知道是怎么回事，那棵扁柏树一无阻拦地横穿过道路，宛如彩虹一般延伸到像天空一样漫无边际的

---

[1] 敕使桥是专门为传达敕旨的使者架的桥。

田野当中。扁柏树根部的土坍塌了,好几条像是大鳝鱼盘成的雄伟的根裸露在外。从根部哗哗地淌下一股水来,流到地上,把我要走的那条路整个淹了。

"奇怪的是,田地并没有变成湖,而是变成了水流湍急的浅滩。前方可以瞥见一个树丛,以它为界,约莫二百多米的一段,简直淌成了一条河。水里零零落落地排着石头,似乎可以跨着大步,沿着石头走到那一头。石头肯定是靠人工摆上去的。

"虽然还没有严重到脱衣涉水的程度,但这样的正道,也未免太难走了一些,就连马都不容易过呢。

"我思忖道:卖药的大概也是由于这个缘故才拿不定主意的。他倒挺干脆,噔噔地沿着右边的坡路往上爬,一眨眼的工夫他就把扁柏树甩在后面钻过去了。爬到我的上空后,他朝下面看看,说:

"'喂,到松本得走这条路。'

"于是,毫不吃力地又走了五六步。

"他从岩石上面探过半截身子,嘲笑般地说了声:

"'待在那儿发愣,会给树精抓了去。大白天也不会饶了你的。'

"话音刚落,他就走到岩石后面,被高处的草丛遮住了。

239

"过了片刻,旱伞的尖儿出现在我头顶上高高的地方,它擦着树梢,消失在林荫深处。

"这时,有个腰系草编的屁股垫[1]、手提光扁担的庄稼汉,边快快活活地嗨嗬嗨嗬吆喝着,边踩着石头跨过积水来到跟前。"

五

"不用说,自从先前离开茶馆,一路上除了卖药的,我还没遇见任何人呢。

"那个卖药的毕竟是个走江湖的,道路熟,所以临分手时他说的那句话不免使我犯起嘀咕来。我半信半疑地正想打开那张地图来看——刚才我曾说,今天早晨出发前我也仔细看过。

"'喏,我想打听一件事。'

"'您尽管说吧,什么事呢?'

"山民见到出家人就格外客气。

"'喏,请问,是不是还是沿着这条路一直走呢?'

"'您要到松本去吗?对,对,这是正道。只是因前不

---

[1] 日本农民或樵夫在腰上系一块草垫,坐在地上休息时当垫子用。

久的梅雨，发了大水，出现了这么一条大得出奇的河。'

"'前面一直都是这么大的水吗？'

"'只不过就是您看见的这一片，很容易就能过去。水只淹到前面的树丛那儿，树丛后头就还是这条道儿，大车可以并排着走，一直通到山跟前。这一带从前还是座村子呢，树丛那儿是一位医生的公馆旧址。十三年前发大水，成了一片荒地，人可死海啦。师父一路走，一路替他们念念佛吧。'

"山民出于一番好意，连没问到的都说了。这下子我就清楚了，也有了把握，可是却有个刚刚走错了路的人。

"于是我就向山民打听卖药的所走的左手那条坡道的情况：'这条路是通到哪儿去的？'

"'哦，这是旧道，也能通到信州，约莫五十年前还有人走来着。比起正道，总共可以节省七里来路，可是如今却走不得了。师父啊，去年也有一对朝山参庙的父子走错过。后来有人说，糟啦，看见叫花子模样的人进了山。大伙儿就说，人命要紧，追上去救一救吧。三个警察和十二个老乡就组织起来，从这儿硬登上去，好容易把他们追了回来。师父，您可不能出于蛮勇去抄近道。即便累得在野外过夜，也比走这条路强。嘿，路上请当心。'

"和庄稼汉分手后，我原打算沿着河里的石头走去，可是想到卖药的安危，就踌躇不前了。

"——也许不至于像听到的那样，但倘若是真的，我就是见死不救喽。好在我是个出家人，不一定非在天黑之前赶到客栈，睡在屋子里。还是赶上去，把他叫回来吧。搞不好，就得把旧道从头到尾走一遍，那也没什么关系。这个季节，既没有狼出没，也没有魑魅魍魉作祟。管它呢……

"想到这里，一看，那个好心的庄稼人已不见踪影。

"——好吧。

"我拿定主意，沿着上坡路走去。我不是出于侠气，更不是出于蛮勇。照我这么说来，你会觉得我早就悟了道，其实我胆小得很，贪生怕死，连河水都不敢喝。那么，你问我为什么偏偏要走那条路？

"说实在的，倘若只有点头之交，我准就随他去了。可是正因为我讨厌这个人，要是撇下他不管，就好像故意见死不救似的，我感到内疚。"

宗朝依然伏在被窝里，合着掌说：

"我觉得那样的话就对不起我念的佛。"

六

"喏，听我讲下去吧。接着我就绕到扁柏后面，从岩石脚下爬到上边，钻过树林。沿着杂草丛生的小径走啊，走啊。

"不知不觉之间已经翻过一座山，前面不远的地方又是一座。两座山之间是一片辽阔的野地，有一条比刚才走过的正道还要宽而平缓的路。

"隔着中间那座山，一东一西排列着两条路[1]。道路如此之宽，甚至举着标枪的队伍[2]也走得过去。

"我放眼望着这片开阔的野地，卖药的连一丁点儿影子都不见。不时有小虫在灼热的空中飞来飞去。

"走在这条路上，觉得格外凄凉。周围越是宽敞，心里反而没有着落。当然，当初既然标榜要翻过飞騨山的天险，已经估计到，有时走上七里才有一家，或走上十里路顶多有五家可以投宿，而且能捞上一顿小米饭吃，就算幸运了。所以，我健步如飞，不屈不挠地前进。于是，山又从两边逼过来，窄得差点儿压着肩膀。紧接着又往上爬。

"我心想：接着就是以险峻出名的天生岭[3]了，就跃跃欲试，但天气毕竟酷热，我气喘吁吁地先把草鞋带绑紧。

"多年后，我听说山口附近有个风洞，从这里刮进去的

---

1 两条路指的是正道以及和尚正走着的这条旧道。
2 举着标枪的队伍指的是日本明治维新以前诸侯的队伍。
3 天生岭在岐阜县河合村，海拔1333米高。

风，一直刮到美浓莲大寺正殿的地板下面[1]。当时我可顾不上这些，管它风景、奇迹，连天气是晴是阴都闹不清，只是直着两只眼睛，拼死拼活地扭着身子往上猛爬。

"要给你讲的故事还在后头呢。正如起初说的，路糟透了，简直像是从来没有人走过似的，更可怕的是蛇，把头尾伸到两边的草丛里，搭起一座晃晃悠悠的桥。

"我戴着斗笠，拄着竹棍。第一次碰见这么一条蛇的时候，倒吸了一口气，两条腿一软，就瘫坐在地上了。

"我平生最讨厌蛇了，与其说是讨厌，不如说是感到害怕。

"谢天谢地，那当儿它拖着尾巴，在那边把镰刀形的脖子一抬，就唰唰地从草丛上爬过去了。

"我好不容易站起来，刚走上五六百米，眼前又蓦地出现一条不见头尾、只让身子沐浴在阳光下的蛇。

"我哎呀一声往后一跳，那条蛇也藏起来了。第三条蛇没有马上蠕动。身子粗得很，如果慢慢爬的话，看来得足足爬上五分钟左右才能露出尾巴。我不得已，就从上面迈过去。小肚子蓦地发胀，毛骨悚然，只觉得浑身的毛孔都变成了蛇鳞，脸也变得跟那条蛇一个颜色了。于是不由得捂住了

---

[1] 日本式房屋，地板下面留有30~50厘米的空隙。

眼睛。

"冷汗像雨一样往下流。不管多么瘆得慌,不管腿多么软,也不能站在那儿,我就胆战心惊地赶路。只见又是一条。

"这次的蛇只有下半截身子和尾巴,伤口发青,淌着黄汁子,一个劲儿地抽动着。

"我不由得吧嗒吧嗒往回跑。但是猛地想起,原先那条蛇肯定还在那儿。打死我,我也不想再从它身上迈过去了。我被炎热的太阳蒸烤着,流着眼泪想道:

"哎呀,刚才那个庄稼汉怕是搞错了,要是告诉我旧道上有蛇,我情愿下地狱也不会来的呀。

"南无阿弥陀佛,直到现在回想起来,我还是吓得浑身打哆嗦。"

旅僧说罢,额手沉吟片刻。

七

"犹犹豫豫也没个了结,我就壮起了胆子。折回去是不行的,来路上有不到一丈长的尸体。我逃得远远的,跑进草丛,可是总觉得那半截蛇马上就会缠在我身上。心里发怵,两脚暴起青筋,被石头绊了一跤。看来膝盖就是那时磕伤的。

"以后脚就不听使唤了,走路有点困难。我想:要是在这儿倒下去了,就会给暑气闷死。我给自己打气,就像是提着脖领儿拽着走似的,往山顶上爬。

"路旁的草丛发出来的热气真是可怕。那草长得又高又密,脚底下满是蛋,似乎是大鸟下的。

"我沿着大蛇爬行那样弯弯曲曲的坡道走了二里来路,碰到洼地就拐过岩角,绕过树根往前走。走到这儿,路太糟糕了,就打开了参谋本部的地图册。

"果然,听到的和看到的是同一条路,没有两样。没错儿,这就是旧道,看了地图也没能得到任何安慰。尽管是可资依据的,也只不过是在栗子壳的刺上[1]画了两道红线而已。

"地图上不可能标出路有多么难走,更不可能标出蛇和毛毛虫啦,鸟蛋啦,草发出来的热气啦。所以我就干脆把它叠好,揣到怀里,胸脯底下嗯地使了下劲,念声佛,重新振作起来。可是我还没缓过气来,无情的蛇就横穿过道路而来。

"我是想道:它大概是山精。反正我是招架不住的,只好认输,就丢掉竹棍跪下,双手按着灼热的地面,诚心诚意地央求道:'对不起,请放我过去吧。我轻轻地走,尽量不

---

1 这里指的是⊥⊥状的标志,地图上用以表示荒地。

妨碍您睡午觉。您瞧，我把棍子也扔掉了。'

"说罢，抬头一看，传来了轰隆一声巨响。

"我觉得可能是条相当大的蛇。草在晃动——三尺，四尺，五尺，一丈多，范围越来越大，朝着旁边的溪谷笔直地倒伏了。最后，山摇地动，我吓得站在那儿动也不能动，忽然浑身发凉，这才发觉，从山上刮下大风来了。

"这时开始传来了一连串訇訇的回声。只觉得深山里好像起了旋风，刮出了一个洞似的。

"莫非是我的祈求感动了山精，蛇不见了，酷暑也消退了。我的精神振作起来，加快了步伐，过一会儿就明白为什么风骤然变凉了。

"原来眼前出现了一片大森林。

"俗话说，天生岭上，晴天下雨。我也听人说过，这里有座森林，自神代[1]起，从来没有樵夫动过斧子。可是一路上，树太少了。

"这会儿虽然没有蛇了，但森林太潮湿，草鞋冰凉，我几乎怀疑会出现螃蟹。没过多久，周围就黑下来了。有些地方，微弱的阳光远远地照进来，勉强可以辨认出哪儿是杉，哪儿是松，哪儿是朴，也看得出土壤都是黑魆魆的。可能是

---

[1] 据《古事记》和《日本书纪》上所载的神话，神武天皇以前有七代神。

射进森林时折光的关系,有些地方出现了或浓或淡、红红绿绿的光带,好看极了。

"树叶上的积水滴滴答答地顺着枝子像连线的珠子一般从高处淌下,不时地打在脚尖上。忽而又有常绿树的叶子落下来。有时,不知是什么树哗啦哗啦响着,水就唰唰地打在扁柏笠上。要么就等我走过去后,洒在我背后。那水从这根树枝流到那根树枝上,指不定经过几十年才落到地上来呢。"

八

"我心里自然是忐忑不安。说起来像是个胆小鬼,然而我的修行不到家,走在这种暗处,倒更便于悟道。但这里凉爽,身上好过了。于是忘记了脚痛,走得飞快,估摸着已经在森林里走了七成的路。这时,有个东西从离我的头顶五六尺的树枝上,扑通一声落在斗笠上。

"我以为是铅坠子,或是什么树的果实,就晃了两三次头,但是它扒在斗笠上甩不下来。我漫不经心地伸手一抓,又凉又滑溜。

"一看,那玩意儿没有眼睛,也没有嘴,就像是撕开了的海参。但显然是个生物。我吓得想把它扔掉,它却哧溜一下滑下去，吮住了我的手指尖，悠悠荡荡的。只见从我伸开的指尖，滴滴答答地往下淌着红艳艳的鲜血。我吃了一惊，把指头抬到眼睛下面仔细一看，忽然发现，刚弯起来的胳膊肘子那儿也滑溜溜地吊着一只同一形状的山海参[1]，大约有半寸宽，三寸长。

"我呆呆地看着它。它在尽情地吸我的鲜血，下半身抽缩着，逐渐鼓胀起来。它那黑绿光滑的皮上，带有茶褐色的条纹，活像是疙里疙瘩的黄瓜。这个生物就是水蛭。

"谁也不会认错的，可是因为大得特别，所以一时疏忽了。不论是任何一块田，或是多么有来历的沼泽，看来都不会有这样的水蛭。

"我使劲甩了一下胳膊，但是它咬住不放，我就战战兢兢地捏在手里一拽，噗的一声好容易拽下来了。我一会儿也忍不住，猛地把它砸在地上。这是几万只水蛭盘踞的地带，好像早就作好准备似的，森林里不见阳光的土，暄腾得连水蛭都摔不死。

"一眨眼的工夫，脖颈那儿也发痒了。我用手一抹，巴掌就在水蛭背上哧溜一滑。哎呀，腰带里也钻进一只，藏在胸脯下面。我的脸都吓白了，悄悄一看，肩上也有一条。

---

[1] 可能是作者的独创词。

"我不由得跳起来,浑身发抖,从大树枝下一溜烟儿地跑过去。边跑边拼命地先把看到的那几只拽下来。

"真可怕。我想:刚才的树枝上准长着水蛭,太吓人了。回头一看,也不知那是什么树,枝子上也覆盖着无数的水蛭皮。

"这可真是,原以为没啥事的,左右两边和前面的枝子,也爬满了水蛭。

"我恐惧万分,不禁叫喊起来。天哪!接着就看见黑瘦而带条纹的雨从上面吧嗒吧嗒地掉到身上来。

"穿着草鞋的脚背上,重重叠叠地落下水蛭,并排着的水蛭旁边又粘上另一批,连脚趾尖都看不见了。我看着水蛭拼死拼活地一股一股吸着我的血,每吸一口似乎还伸缩着身子,吓得我都快昏过去了。这时起了个奇怪的念头:

"这些骇人的山水蛭,从太古的神代就盘踞在这里。遇到有人来,就吸血。经年累月,吸上若干石[1]血,这虫子就如愿以偿了。到那时候,所有的水蛭把它们所吸的人血统统吐出来,土就融化了,整座山变成一片血和泥的大潭。同时,把阳光遮得白天都昏暗的大树,也必将碎成片片断断,变成一只只水蛭。喏,完全是这样。"

---

[1] 石是日本的容积单位。一石约合39.7033加仑。

九

"我昏头昏脑地思忖道：人类灭亡，既不是地球的薄皮破碎，天上降下火所造成的，也不是被大海淹没的关系。起初是飞驒国的森林变成水蛭，最后化为一片血和泥，带条纹的黑虫在里面游来游去，一个新世界恐怕就是这样产生的。

"是啊，刚走进这座森林的时候，什么事也没有。走到中间就这样了。要是再往里面走，大概树木早就一股脑儿连根腐朽，变成了水蛭。我多半活不成了，命中注定要在这里遇害。我忽然意识到，自己已到了弥留之际，才会漫然地这么想。

"反正是一死，索性尽量地往前走，哪怕看看世人连做梦也没想到的血泥大潭的一鳞半爪也是好的。我下了决心，就顾不得害怕了。我把浑身上下都挂满了的一嘟噜一嘟噜的水蛭信手扒拉掉，拽下来就扔，像疯了一般，扬手跺足地往前走。

"起初痒得受不了，身子好像胖了一圈，后来却觉得消瘦了许多，一跳一跳地作痛。走着的时候，水蛭依然毫不留情地左右夹攻。

"我两眼发花，快要倒下去了。看来灾祸已到了尽头，我宛如钻出隧道一般，从水蛭林的出口远远地瞻仰到一轮朦

251

胧的月亮。

"刚来到苍空下的时候,我不顾一切地一歪身倒在山路上。只想把身上的水蛭压得粉碎。哪怕地上有沙子或针,我只管蹭来蹭去,终于让十几只水蛭横尸遍野。我一个箭步蹿到三四丈开外去,打着哆嗦伫立在那儿。

"这不是拿人耍着玩吗?周围的山里,东一处,西一处,知了在叫。而山后就是那座即将成为血泥大潭的森林。太阳已西斜,山涧里暮色苍茫。

"即便被狼吃了,也还死得干脆一些哩。正好赶上缓缓的下坡路,小沙弥[1]莫名其妙地将竹棍扛在肩上,拼命逃走了。

"我被水蛭咬得也不知是疼是痒,吃够了难言的苦头。不然的话,我准会高兴得独自在越过飞骅山的小道上,吟诵着经文跳起外道舞[2]。我的神志恢复得差不多了,想着要是把清心丹咬碎,涂在伤口上,不知怎样。我掐掐自己,知道确实活过来了。然而,富山那个卖药的也不知怎样了?看光景,早就化为一摊血,融在泥潭里了。皮包骨的尸体横在森林里黑咕隆咚的地方。再加上那些嘴馋的下等动物成百地压

---

1 指旅僧本人以自嘲。
2 据作者在《妇系图》《芍药歌》中解释:外道舞指神乐舞——民间神社祭神的音乐和舞蹈。

在他身上，恨不得连骨头都给嚼了，恐怕就是泼上醋[1]，也找不到了。

"我边这么想着，边走下那个长长的缓坡。

"走完了坡，传来了淙淙流水声。在意想不到的地方架着一座六尺来长的土桥。

"我浑身难受，活像是被水蛭吸剩下的渣子。一听到流水声，我就想，要是纵身跳下去，泡在水里，一定很舒服。要是正过着时桥垮了，就会这样。

"我并没觉得危险，径直走上去。虽然晃悠了几下，却轻而易举地就过去了。迎面又是一道坡。真辛苦，这次是上坡路哩。"

十

"我已精疲力竭，觉得上不了坡。忽然从前面传来了马嘶声，激起了回响。

"是马夫回来了呢，还是驮着货呢？自从今天早晨告别了那个庄稼汉，还没过多久，可是只觉得三五年没见着能够

---

[1] 蛞蝓怕盐，作者根据这一点假定水蛭怕醋。意思是，即使泼上醋赶走水蛭，也找不到卖药的了。

与之说话的人了。既然有马，横竖也有人烟吧。因而精神振奋起来，我又摇动着身子走了一阵。

"没怎么觉得吃力就到了山里的一栋房子跟前。那是夏天，门窗都没关。其实这座孤零零的房子没有什么像样的门，劈头就是破破烂烂的廊沿，那儿坐着个男人。我也顾不得看那是个什么人，就用呼救的口吻央求道：

"'劳驾啦，劳驾啦。'

"我接着又说：

"'麻烦您。'

"但是他闷声不响。脖子软瘫瘫的，头歪得耳朵都快压在肩膀上了。两只稚气的眼睛大而无神，直勾勾地盯着站在门口的我。死样活气的，似乎连眼珠子都懒得转一下。身上穿的是浆洗过的半长不短的和服，袖子还不到胳膊肘那儿，胸脯上扎根细带子。那件和服似乎是用单幅料子做的，遮不住他那挺着的大肚皮。胖胖的肚子鼓鼓囊囊，活像是一面鼓。肚脐眼儿也是突出来的，奇形怪状，宛如倭瓜蒂。他用一只手摆弄着它，另一只垂在半空中，手势像幽灵。

"两只脚伸在那儿，像是被遗忘了似的。倘若没有腰骨，简直像折叠起来竖在那里的布帘子。年龄有二十二三，嘴张得大大的，鼻子低得几乎可以卷在上唇里。大锛儿头，推成半寸的头发已长得前面像鸡冠子一样撅起来，后脖颈那儿翘得遮住了耳朵。是哑巴呢，还是白痴？这个好像快要变成青蛙的少年，使我吃了一惊。我的命倒不会有危险，他那副尊容可真够呛。哎呀，长得太特别了。

"我没有办法，又招呼了一声。他完全没有反应，只是呼的一下稍稍扭了扭脖子，这一次把头歪在左肩上了。嘴依然是张着的。

"看那个样儿，一个不合适，他也许会蓦地抓住我，一边摆弄肚脐，一边舔我，以代替回答呢。

"我往后退了一步，又寻思：尽管是深山，总不能把他一个人丢在这儿呀。于是踮起脚尖，略提高嗓门说：'借光，有人吗？'

"从后门那边又传来了马嘶声。

"'谁呀？'

"这是个女人的声音，是从堆房那儿发出来的。

"老天爷，白净的脖子上长着鳞，身后拖着尾巴，会顺着地板爬出来吧。我这么想着，又向后退去。

"'哎呀，师父。'

"一个娇小玲珑的美人儿边说着边走出来了。她的声音圆润，举止娴雅。

"我深深叹了口气，什么也没说，只是'唉'的一声低头致意。

"女人跪坐下来，探过身子，觑着眼睛看着悄然站在暮色苍茫中的我：

"'什么事呀？'

"她也不招呼我坐下。可能因为主人常世[1]不在家，看来她是不打算留人住的了。

"要是不早点开口，反而不好央求了。于是就腾腾地走向前去，恭恭敬敬地弯下腰：

"'我是翻过山到信州去的。请问，要走多少路才能到有客栈的地方呢？'"

十一

"'你呀，还有八里多路呢。'

"'另外就没有肯留人住的人家了吗？'

"'没有啦。'

"她那清亮的眼睛连眨都不眨一下，边这么说边端详着我。

"'是这么个情形。说实在的，即使有人告诉我，只要

---

[1] 常世是谣曲《钵木》中的人物。装扮成旅僧的北条时赖路遇大雪，想在常世家借住一宿。但因常世不在家，他的妻子没有收留他。常世回家后闻讯，将时赖追回来，把自己心爱的盆栽梅、松、樱当作燃料，供时赖取暖。

再走一百多米，就有一个人家，为了积阴德，让我睡上房，整宵替我扇扇子，我也连一步都走不动了。不管哪里的库房也好，马棚的一角也好，求求您啦。'

"我心想，刚才的马嘶，准是从这个人家发出来的，所以就这么说了。

"妇人沉吟了半晌，她抽冷子侧过脸去，拿起布袋，像洒水一样哗啦一声把白米倒在膝边的桶里，她按住桶边，用一只手掏着米，低头看了看。

"'啊，就留您住下吧。刚好大米也够给您煮饭的。又是夏天，山里的房子虽然凉，没有被子大概也能对付。喏，您好歹先上来吧。'

"话音未落，我已经一屁股坐在廊沿上了。妇人倏地站起来，走到我身边来说：

"'师父，我得预先交代一声。'

"她的口气很坚决，我就胆战心惊地答应道：

"'唉，唉。'

"'不是别的。我有个毛病，就想打听京城的消息。您的嘴封得再严，我也死乞白赖地想问您。但是到时候您可千万不要告诉我。知道了吧？我一个劲儿地问，您说什么也不要回答。即使我一定要求您告诉我，您也无论如何不要说。这一点您可要好好记在心上。'

"妇女的话里似乎有文章。

"我觉得,住在孤零零的房屋里的妇女这番话,像崇山幽谷一样莫测高深。但这并不是什么难以遵守的戒律,我唯有点头而已:

"'是,好的。我决不违背您的嘱咐。'

"妇人立即变得亲切了。

"'屋里尽管脏一些,请您快到这边随便坐吧。我给您打盆洗脚水来吧?'

"'不,用不着。请借给我一块抹布。喏,要是顺便把抹布拧得湿湿的就好了。路上遭了殃,难受极了,恨不得把这身子扔掉拉倒。我想擦擦背,真是不好意思。'

"'啊,出汗了,一定把您热坏了。等一等。对旅客来说,最高级的享受就是到了客栈洗个热水澡。我这里,不用说洗澡水,连茶水都不能好好招待。可是,房后的悬崖下边有一条清凉的小河,去冲个澡好不好?'

"我一听,恨不得飞去。

"'啊,敢情好。'

"'那么,我领您去吧。喏,我也正要去淘米哩。'

"她将那个桶夹在腋下,下了廊沿,穿上了稻草屐。然后蹲下去看了看廊沿下面,拽出一双旧木屐,把尘土拍打下去,替我摆好。

"'请穿吧,草鞋就撂在这儿好了。'

"我把手一扬[1],向她鞠了个躬。

"'实在不敢当,我太过意不去了。'

"'留您过夜也是前世因缘。[2]您不要客气嘛。'

"真是殷勤得很哩。"

十二

"'喏,跟着我往这边走吧。'

"妇女又夹起那只淘米桶,将一条手巾往细细的腰带间一掖,站起来了。

"她那浓密的头发是束起来的,还插了把梳子,用簪子一别。那风韵就甭提有多么姣好了。

"我也赶紧解下草鞋,马上换上旧木屐,从廊沿上站起来一看,那位白痴先生也直拿眼睛盯我哪。

"他好像是大舌头,以傻里傻气的声音说:

"'姐呀,着,着[3]。'

"他边说,边懒洋洋地抬起手,摸摸自己那头发蓬乱的

---

1 扬手是表示拜领木屐。
2 日本有句谚语:"萍水相逢也是前世因缘。"妇女把这话改了一下。
3 白痴咬字不清,把"这"字说成了"着"。

脑袋。

"于是，妇女那丰腴的脸上露出酒窝，深深地一连点了三下头：

"'和尚，和尚？'

"少年嗯了一声，又软瘫瘫地坐在那儿摆弄起肚脐眼儿来了。

"我很同情她，几乎头都抬不起来。偷偷一看，女人好像毫不在意。我正准备跟在她后面走出去，从绣球花后面蓦地钻出一个老爷子。

"他大概是从后门绕过来的，穿着草鞋，从卡在腰间的坠子[1]垂下一根长带，下端系着药包。嘴里横叼着烟袋杆子，和妇女并肩站住了。

"'师父，你来啦。'[2]

"妇女掉过头来看看他：

"'大爷，怎么样？'

"'俺正要说这事儿呢。那家伙又笨又蠢，也就只有狐狸能骑。凭俺这张嘴，巧妙地从中周旋，总算成交，明天就给小姐送上一大笔，管保够你花上两三个月的。'

---

1 坠子是用玳瑁等做成的装饰品，上面刻有图案。
2 这是老爷子说的话。

"'拜托啦。'

"'行,行。啊,小姐,你上哪儿去呀?'

"'到悬崖下边的水那儿去一趟。'

"'可别带着年轻师父掉进水里去。俺就在这儿一直等你回来。'

"他说着就一歪身坐在廊沿上了。

"妇女看着我的脸,微微笑了笑,说:

"'您听他说这样的话[1]。'

"我退到一边去说:

"'我一个人去吧。'

"老爷子吃吃地笑着说:

"'哈哈哈哈,喏,快点去吧。'

"'大爷,今天来了两位稀客,这种时候,说不定还会接着来。光是次郎君在家,来客会为难的。你就在那儿歇着,等我回来吧。'

"'好的。'

"老爷子说着,挪到少年身边,用铁锤般的拳头,朝他的背就是一拳。白痴的肚子晃荡了一下,像要哭出来似的,撇嘴一笑。

---

[1] 指"掉进水里"一语,暗嘲男女相亲。

"我打了个寒战,背过脸去,妇女却若无其事。

"老爷子张着大嘴笑道:

"'趁着你出门,俺可要把当家的偷走啦。'

"'好的,那么就给你立一功。喏,咱们走吧。'

"我觉得老爷子从背后盯着我,于是由妇女领着,背着绣球花,沿墙走去。

"一会儿就到了后门那儿。左手出现了马棚,里面咯噔咯噔的,大概是马在踢板壁呢。这时,天色已黑下来了。

"妇女说:

"'师父,从这儿下去。并不滑,可是路很糟糕,请慢慢走。'"

十三

"那里长着一棵高得出奇的细松树,直到两三丈高的地方,连个小枝儿都没有。看光景我们就从这儿走下去。从树底下钻出去仰脸一看,树梢上挂着一轮白月。这是十三夜[1],此处的月亮没有什么两样,却不知尘世在何方。

"领先的妇人不见了,我攀住松树干仔细一瞧,原来就

---

1 指阴历十三日的夜晚。

在脚下。

"她仰望着说：

"'这里很陡，当心点儿。师父穿木屐可能吃力一些，要不然，拿草屐跟您调换吧。'

"她恐怕以为我是走不动路才落在后面的。但是我即使滚下去，也巴不得早点洗掉水蛭的污迹。

"'没什么，要是不好走，打赤脚就是了。请您不必张罗。让小姐操心，我可当不起。'

"'哎呀，您叫我小姐吗？'

"妇女稍微提高嗓门说，嫣然一笑。

"'是啊，我记得刚才那位老爷爷是这么称呼您的。您是太太吗？'

"'不论怎样，我的岁数够做您的婶婶了。喏，快点走吧。草屐虽然好，可是扎进刺去就糟啦。而且湿漉漉的，穿着不舒服吧。'

"她头也不回地说着，高高地撩起和服的半边下摆。黑暗中，朦朦胧胧地可以看到白白的东西，随着她脚步的移动，好像是霜在融化似的。

"我们一个劲儿地往下走。这时从旁边的草丛里慢悠悠地爬出一只癞蛤蟆。

"'哎呀，真讨厌。'妇女把脚后跟朝后边高高地一

跷,跳了过去,'有客人。扒在人的脚上,太过分啦。你们吃吃虫子就足够了。'

"她又对我说:'您尽管往前走,它们不会怎样。地方太背了,就连那样的东西都恋人,真讨厌。就像朋友似的凑过来,多难为情。喂,不许这样。'

"癞蛤蟆又慢腾腾地扒开草,消失了。妇女径直往前走。

"'喏,得从这上面走。土太暄,会陷下去,所以地面上走不得。'

"原来草里倒着一棵大树,树干若隐若现。粗得吓人,用木屐踩上去也不碍事。走了好一会儿才到头,猛可里,响亮的流水声传到耳际。

"抬头一看,松树已不见踪影。十三夜的月亮低多了,半挂在我们刚刚打那儿爬下来的山顶上,皎洁得仿佛伸手便能够着。其实高不可测。

"'师父,这边儿。'

"妇人招呼道。她就站在近在咫尺的眼下等着我呢。

"那里已经是岩石累累了。溪流冲刷岩石,形成一片水潭。河面有六尺来宽,绮丽得恍若把玉融化后浇灌成的。到了水边,声音倒不那么响了,反倒从远处传来了水流撞在岩石上所迸发出的轰鸣。

"对岸是另一山麓,顶巅漆黑一团。半山腹沐浴在月光下。极目望去，全是岩山，大大小小，海螺形的，切成六尺见方的[1]，剑形的，球形的。越到下面越宽，浸在水里，简直像座小山一样。"

十四

"妇人跣着雪白的脚，站在扁平的岩石上说：

"'今天正好水涨了，不用下河，在这上面就行。'

"她的脚背浸在水里，脚趾蜷着。

"我们站着的这边，山麓反倒濒临水面，恰好形成洞穴状，这块岩石就嵌在洞口处。站在这里，上游下游都看不见，对面的石山蜿蜒曲折，越到上游，河面越狭窄，起初有五尺，隔上六尺左右，就缩成三尺，逐渐远去。河流穿行于岩石缝隙之间，忽隐忽现，在月光映照下，恰似一副副银铠。近在咫尺地飘动着，犹如用手去理织布机上雪白的线。

"'多好的溪流啊。'

"'是啊，这水的源头是瀑布。凡是过这座山的旅客，都会在什么地方听见刮大风似的声音。师父到这儿来的路上没有理会吗？'

---

[1] 原文作"六尺角"。这里把岩石比作建筑用料。

"说起来,快进入水蛭林时,确实听到了一阵响声。

"'难道那不是风刮进森林的声音吗?'

"'不是的。不过大家都这么说。从那座森林进入岔道,走上大约三里,就有个大瀑布。据说那是日本最大的瀑布,可是路太艰险了,十个人当中也没有一个人去过。据说那个瀑布曾经肆虐,整整十三年前,发了可怕的大水,连这么高的地方都成了河底,山脚下的村庄和山上的房屋,全给冲走了。上洞[1]这儿,原先也有二十来户人家。这条河就是那时形成的。您瞧,像这样把岩石都冲来了。'

"不知什么时候,妇人已将米淘净,挺着丰满的胸脯站在那儿。她的和服领口凌乱,隐隐约约露出奶头。她是高鼻梁,抿着嘴,仰望着山顶出神。月亮依旧映照着半山腰上的累累岩石。

"我蹲在那儿洗胳膊:

"'直到现在我还觉得害怕哩。'

"'哎呀,您这么规规矩矩的,衣服都弄湿了,穿在身上多难受啊。干脆脱光了洗吧,我给您擦背。'

"'不要。'

---

[1] 这个村子的名字是作者杜撰的,但飞驒地方的益田郡的不少地名夹有洞字:如大洞、西洞、上洞、中洞等。

"'什么不要。喏,法衣的袖子都泡在水里啦。'

"我畏畏缩缩地扭着身子,她却抽冷子从背后解下我的腰带,麻利地把法衣整个儿扒下来了。

"我因为老师父严格,又是念经的人,从来没赤过身子。何况又当着妇女的面,简直像是被剥掉壳的蜗牛,羞得不用说开口了,连手脚都动弹不得,只是蜷着背,并着膝,缩作一团。妇人把从我身上脱下来的法衣轻轻地搭在旁边的树枝上。

"'法衣就这么着吧。喏,伸过背来。喂,别动啊。承蒙您喊我作小姐,婶婶要照顾照顾您。给我乖乖儿地待着呀。'

"她这么说着,用门牙将一只袖子捋得高高的,把裸露着的玉臂按在我的背上。她凝眸一看,哎呀了一声。

"'怎么啦?'

"'整个儿都青一块紫一块的。'

"'可不是嘛,我遭了殃。'

"只要一想到这事,我就毛骨悚然。"

十五

"妇人面露惊愕的神色说:

"'这么说,您在森林里可受了罪啦。旅客们说,飞騨的山里下水蛭雨,指的就是那个地方。您不会抄小道,所以直接穿过了水蛭窝吧。亏得神佛保佑,让您捡了一条命。连牛马都会给吮死哩。又疼又痒吧?'

"'现在光是疼了。'

"'那么,用这种东西[1]搓,会把嫩皮搓破的。'

"话音未落,她的手就像棉花一样软软地碰着了我。

"她哗哗地撩水,从两肩到脊背、侧腹以及臀部,都搓到了。

"是不是透心儿凉呢?没有的话。那是热天,但按道理不该是那样的。要么是我热血沸腾,要么就是由于她身上的热气,反正她替我洗身的水,撩在我身上,使我感到很适宜。不过,听说良质的水就是柔和。

"我就甭提有多么舒服了,该不是因此发困了吧。反正我蒙蒙眬眬的,伤口不疼了,神志也不清了。妇女紧紧贴在我身上,我就像是被花瓣包起来似的。

"妇女的外貌非但不像是山里人,就连城里人也难得有这样的姿色。但她看来弱不禁风,给我搓背的时候也呼呼地悄悄喘气。我直想谢绝,却因精神恍惚,就听任她继续冲洗

---

[1] 这种东西指的是手巾。

下去。

"还闻到一股淡淡的馨香,也不知道是山里的灵气,还是妇女身上发出来的。我心想:恐怕是她在我背后呼出来的气。"

上人顿了顿,说:

"喂,你靠得近一些,请把灯挑亮一点。这话在暗处讲可不对头,底下的我就厚着脸皮讲完了吧。"

那灯暗得连并着枕头的上人的身姿都模模糊糊。我马上把灯芯挑亮了,上人就微笑着继续讲下去。

"喏,就这样,不知从什么时候起,我就半睡半醒地被软软地包在暖和的花儿里。它发出奇妙好闻的香气,从脚、腰、手、肩到脖子,逐渐地连脑袋都统统给笼罩起来。我吃了一惊,在岩石上摔了个屁股蹲儿,两脚掉进水里。我以为自己落水了,妇人马上从后边伸过手来,隔着肩按住了我的胸部,我就使劲攥住了她的手。

"'师父,我待在您身边,您不嫌有汗气吗?我非常怕热,就连这么着,都流汗流成这样。'

"于是我慌忙撒开她那放在我胸前的手,像棍子一样直挺挺地站起来:

"'对不起。'

"妇人满不在乎地说:

"'没什么,谁也没看着。'

"不知什么时候,妇人也脱了衣服,全身裸露着,像一匹软缎。

"我几乎吓掉了魂。

"'我长得这么胖,热得都不好意思了。这阵子每天来两三次,这么冲凉。要是没有这水,简直不知道该怎么办了。师父,手巾。'她说着,递过一条拧好的,'请用来擦脚。'

"不知什么时候,我身上已经给擦干了。跟你讲这些,惶恐得很,哈哈哈哈哈哈。"

十六

"不同于穿着衣服的时候,她长得确实肌肤丰腴。

"她就像是姐弟之间说私房话似的告诉我:

"'刚才在马棚里照料了一下,所以浑身都喷上了马那黏糊的鼻息,恶心透了。总算洗干净啦,我也擦身吧。'

"她扬起手按住乌发,用手巾使劲擦擦胳肢窝,随后双手拧着手巾,亭亭玉立。本来就如雪一般,又用泓泓灵水涤净。这样一个女人的汗水,淌下去都会是粉色的吧。

"她左一下,右一下地梳着头发说:

"'哎呀,一个妇道人家这么野,要是掉进河里,可怎

么办？被冲到下游，村里的老乡会说什么呢？'

"'他们会以为是白桃花哩。'

"我忽然心血来潮，脱口而出地这么一说，便和她面面相觑。

"于是，她欣悦地莞尔一笑，看上去那么天真，好像一下子年轻了七八岁，旋即泛着处女的腼腆垂下眼睛。

"我马上移开了视线。只觉得月光照耀下，妇人那愈益姣美的姿容，挂上了透明的苍白色，在水雾迷漾中，映在对岸那被水花溅湿而发黑的光滑的巨石上。

"在黑暗中虽然看不大清楚，反正左近好像有个洞穴。这时，东一只，西一只，嗖嗖地飞来了个子赛得过鸟的大蝙蝠，遮住了我的眼睛。

"女人好像出乎意料，扭动着身子喊道：

"'哎呀，不行，有客人哩。'

"我已经穿好了法衣，所以坦坦然然地问道：

"'您怎么啦？'

"'没什么。'

"她只说了这么一句，就害羞地转过身去。

"这时，一只小狗大的深灰色的玩意儿迈着小碎步过来了，从悬崖腾空横着跳上妇女的后背，紧紧地贴在上面。

"站着的她被那玩意儿抱住，赤裸的上半身好像消失了似的。

"'畜生,看不见有客人吗?'妇人愤愤地说,'你们太狂妄了。'她厉声说罢,猛一回头,对准那试图从腋下偷看她的动物的脑袋就是一拳。

"那玩意儿吱吱吱地怪叫,朝后面腾空而跳,伸出长长的胳膊吊在刚才挂过法衣的树枝尖儿上。它又临空翻了个倒筋斗坐在树枝上,就势飞快地爬上了树。咦,原来是只猴子。

"它大概从这个枝子爬上那个枝子,高得仰脸才能望到的树梢,过一会儿就唰唰唰地响起来了。

"月亮早已离开半山腰,挂在那个树梢上了,透过叶子投下斑斑点点的光。

"这么一淘气,似乎把妇人惹恼了。哦,连癞蛤蟆带蝙蝠、猴子,一共闹过三次了。

"孩子们闹得过了头,年轻的妈妈就会生气。这位妇女也是这样,被那些恶作剧弄得很不高兴。

"看来她真要发脾气了,不耐烦地穿着衣服。我什么也没问,缩作一团儿,默默待在那儿。"

十七

"妇人柔中有刚,表面上兴冲冲的,骨子里却很庄重。

她对人亲近，却又文雅，凛然不可侵犯。遇什么事都胸有成竹，绝不惊慌失措。如此娇嫩，前景想必不妙。倘若她现在对我发火，我就跟从树上栽下来的猴子一样了。于是我战战兢兢地待在那儿。事情却没有我预料的那么严重。

"'您一定觉得好笑吧。'她像回想起来了似的愉快地微笑着，'没办法呀。'

"她又变得像原先那样随和了。腰带也扎好了，说声：'那么回去吧。'就把淘米桶夹在腋下，趿拉着草屐，敏捷地往悬崖上爬。

"'危险哩。'

"'不要紧，我已经熟悉多了。'

"我以为完全熟悉了？及至往上爬的时候，一看，悬崖高得出乎意料。

"不久就又该过那棵圆木了。正如刚才说过的，它横倒在草里，树皮就像鳞一样。松树常常被比作蝮蛇嘛。

"尤其是沿着悬崖往上爬的时候，看那有点弯的树身，刚好像是可怕的蛇的身子。它把头尾藏在草里，在月光下看得分明。

"这勾起了走山路时的回忆，我两脚发软。

"妇人好心好意地惦记着后边，提醒我说：

"'过树的时候，可不能往下看。这是半山腰，溪谷很

深，眼睛一花就糟啦。'

"'唉。'

"我不能再磨蹭了，就嘲笑着自己，领先上了圆木。上面有刻纹，便于蹬脚，所以只要不迷糊，穿木屐也能走。

"可是正因为有那一档子事，我一踩上去，它就晃啊晃的，只觉得脚底下软软的，眼看着它就会哧溜哧溜爬起来似的。我哇的一声咕咚一下跨坐在树身上，把腰都颠痛了。

"'啊，真没出息。木屐太吃力，换上这双吧。喏，您得好好儿听我的话。'

"从方才起，我不知怎的对这位妇女生了敬畏之情。不论她命令我做什么，我都不分好歹，言听计从。所以我就乖乖地穿上草屐。

"你听我讲嘛。妇女换上木屐，牵住我的手。

"我觉得身上忽然轻了，跟在她后面，不费吹灰之力，一会儿就到了那座孤零零的房屋后门旁边。

"有人迎头招呼道：

"'咦，俺原想得耽误不少工夫，和尚原样儿回来了。'

"'胡扯什么。大叔怎么不看家了？'

"'快到时候了。太晚了，路上不好走，俺正打算把阿青牵出来，准备一下呢。'

"'让你久等了。'

"'没什么。你去看看吧,当家的平安无事。咳,他可不是俺说服得了的,哈哈哈哈哈。'

"老爷子耍了两句贫嘴,大笑几声,就踱到马棚去了。

"白痴照样坐在原地,绵软得像个海蜇,要不是待在阴凉处,还可能被太阳晒化了。"

十八

"马嘶声,'吁吁'的吆喝声,接着就是绕过后门的噔噔噔的马蹄声,响彻廊沿,老爷子将一匹马牵到门前。

"他拽着马笼头堵在门口说:

"'小姐,那么俺就告辞啦。喏,给师父多准备点好吃的吧。'

"妇女把座灯挪到灶边,低着头在锅下添柴火呢。她抬起头,将拿着铁质火筷子的手放在膝上说:

"'受累啦。'

"'哪里,你不用客气。'接着他就吁的一声拽拽粗粗的缰绳。那是一匹菊花青的公马,身上没有驮鞍子。虽然上了膘,马鬃却稀稀疏疏的。

"对我来说,马并不是什么罕物。可是在白痴先生后面待得正无聊呢,所以当他正要把马牵走时,我就一个箭步蹿到廊沿上问道：

"'把马牵到哪儿去呀？'

"'哦，赶到诹访湖畔的马市上去。明天早晨沿着师父走过的山路跑一趟。'

"妇人慌忙打断他的话道：

"'喏，您该不是打算骑着它逃跑吧？'

"'不，岂敢。一个出家人，绝没有为了省得走路而骑在马背上的意思。'

"'这马可驮不动人。师父好不容易捡了一条命，就老老实实待在小姐的袖子里，让小姐保护你吧。再见，俺去走一趟。'

"'唉。'

"老爷子说了声'畜生'，马却不肯走，它好像发怵似的把偌大鼻头掉向这边，一个劲儿地看着我们。

"'吁，吁，吁！畜生，你这个野马，嗨！'

"老爷子将缰绳东拽一下，西拽一下，马却像脚下扎了根似的，直挺挺地站着一动也不动。

"老爷子焦躁万分，又拍又打，围着马兜了两三个圈子，但它还是一步也不走。他把肩膀往马的侧腹上一撞，马这才勉强抬起前肢，随即又扠挲着四肢，站在原地。

"老爷子喊道：

"'小姐,小姐!'

"于是妇人轻轻地站起来,踮着白白的脚尖,迈着小碎步,躲到被烟熏得黑魆魆的粗柱后面去了。这样,马就看不见她了。

"随后,老爷子从腰间拽出那条肮里肮脏、软塌塌的手巾,擦了擦他那皱纹密布的前额上的汗。他以为这下就行了,再度绕到前边,但马还是纹丝不动。他双手拽住缰绳,并住两脚,嗯的一声使出浑身的力气,往后一仰。这下可糟啦。

"那马大声嘶着,将两只前肢举到半空中,个子矮小的老爷子咕咚一声被摔了个仰八脚儿。月夜中,扬起一股沙尘。

"大概连白痴都觉得好笑了。唯独这个时刻,他直起脖子,将厚嘴唇张得大大的,露出一排大牙。那只耷拉着的手就像扇扇子似的晃啊晃的。

"'尽给人添麻烦。'

"妇人冷冷地说了这么一句,就趿拉着草履倏地进了堂屋。

"'小姐,你别误会。不是由于你的缘故,一开始它就盯上了那位师父。这畜生有俗缘。'

"我听到马有俗缘这句话,吃了一惊。

"于是妇人问道:

277

"'师父，您到这儿来的路上，有没有碰见什么人？'"

十九

"'唉，快到十字路口的时候，遇见了富山的卖返魂丹的，他比我先走了一步，走的也是这条路。'

"'啊，是吗？'

"妇人露出会心的笑容，看了看那匹菊花青。她好像觉得可笑得不得了，眉飞色舞的。

"我看她这时显得很随和，就问道：

"'也许他到府上来了吧？'

"'不，我不知道。'

"妇女说这话时，又摆出一副凛然的架势，我就住口了。小个子的老爷子已死了心，不去牵马了，只顾在马的前肢跟前掸自己身上的尘土。妇女朝他看看，边说'真没办法'，边蓦地解起腰间的细带来。带子的一头快拖到地面了。她往上一撩，犹豫片刻。

"'噢，噢。'白痴含含糊糊地嚷着，伸出那只耷拉着的手。妇人就把解下来的腰带递给他。白痴像保护宝贝一般，将腰带团在他的膝上。他的膝软瘫瘫的，仿佛是摊开来的一块包袱皮。

"妇人拢着领口，按住胸脯下边的地方，脚步轻盈地走出堂屋，倏地挨近了马。

"我只是目瞪口呆地望着。她踮起脚尖，将双手温柔地向上一扬，抚摸了两三下马鬃。

"她在偌大的马鼻子前面娉婷而立，个子恍若忽然长高了。她目不转睛，紧闭着嘴，舒开双眉，似乎是心荡神驰了。原有的那种媚态讨人喜爱，和蔼可亲，而今顿时消失殆尽，使人觉得不是神，就是魔。

"这当儿，后山也罢，对面的峰峦也罢，巍然屹立在前后左右的巉岩峭壁，似乎一个个地都伸过嘴，抬起头，偷看这位在老爷子前边面对着马伫立着的月下美女的姿容。这是别一天地，阴森森的深山之灵气越来越浓烈了。

"似乎刮来了一股暖风。妇人先把和服从左肩上扒下，接着又把右手也从袖子里抽出来，伸到丰满的胸脯前面。手里拿着刚脱下的那件团着的单衣，身上连一丝彩霞也没挂。

"马见此状，连背和腹的皮都松弛下来，几乎浑身淌着汗。扦挚着的四肢也软了，打了个寒战。它将鼻子着地，喷出一簇白沫，屈着前肢，就要跪下来。

"这时，妇女用一只手托着马的下巴，另一只手把单衣轻轻地一扔，盖在马眼上。

"兔子[1]跳将起来，在弥漫着妖气的朦胧月光下，仰着脸翻身一跃，就夹在马的前肢之间了。一眨眼的工夫，她已夺下单衣，飞快地横钻过马腹。

"老爷子好像心领神会，乘机一拉缰绳，马就健步如飞地朝山路走去。丁零，丁零，丁零，丁零零，丁零零——眼看着就越离越远了。

"妇女早已披上衣服，迈上廊沿，立即要拿腰带。白痴压住舍不得放，还扬手要去按妇女的胸脯。

"妇女粗暴地推开白痴的手，狠狠地瞪了他一眼，他就颓丧地把头耷拉下去。座灯的光是暗淡的，这一切情景犹如幻境。灶里的柴火一闪一闪地吐着火苗，妇女猛可里跑进去了。仿佛是从空中的月亮后边，远远地传来了马夫的歌声。"

二十

"接着就吃饭了。就饭的有山中人家的酱菜，腌生姜，炖裙带菜，放了腌蘑菇的豆酱汤——那蘑菇叫什么名字，我也不知道。可比胡萝卜、葫芦干强多了。

---

[1] 此处把裸体美女比作兔子。

"尽管品种不多，她的手艺可真不含糊，烹调得香甜可口。我肚子饿了，而且她把托盘放在膝上，支起双肘，手托腮帮子，高高兴兴地看着我。有这么一位妇女伺候着吃饭，福分不浅哪。

"坐在廊沿上的白痴，由于没人理睬，大概无聊得受不住了，晃晃悠悠地膝行到妇女身边。他大腹便便地盘腿瘫坐在那儿，死命地看着我的饭菜，指着说：

"'呜呜，呜呜。'

"'什么事呀？待会儿再吃吧，这是客人嘛。'

"白痴面呈可怜的神情，歪着嘴，摇着头。

"'不愿意吗？那就没办法了，一道吃吧。师父，对不起。'

"我不由得撂下筷子。

"'没关系。我给您添了麻烦，真是过意不去。'

"'师父，这没什么。'妇女还是那么殷勤，她接着又对白痴说，'你再等一会儿，跟我一道吃多好。真是要命。'

"她麻利地做好了同样的一份饭菜，端给白痴。

"添饭的动作也是那么敏捷，虽然尽的是妻子的本分，却显示出上等人家高尚娴雅的风度。

"白痴抬起浑浊的眼睛瞪着饭菜，随即说着：'那个，啊，那个，那个。'滴溜溜地四下里打量着。

"妇人审视着他：

"'喏，算了吧。那种东西，什么时候都可以吃。今天晚上有客人呀。'

"'呜，不，不。'

"白痴晃着两肩和肚皮，皱着眉头要哭鼻子了。

"妇人好像无可奈何了，从一旁看着，也让人觉得怪可怜的。

"我就恳切地说：

"'小姐，我不知道是什么事，您就照他说的办好了。要是为我多心，反而使我不安。'

"妇女又说了一遍：

"'不愿意吗？这个不行吗？'

"白痴又快哭出来了，妇女就面露怨色斜睨着他，并从破橱柜中取出钵子里的东西，敏捷地放进白痴的碗里。

"她故意赌气般地说了声：'喏！'脸上装着笑容。

"真叫我为难。看样子他会当着我的面大嚼红烧黄颔蛇或烤熟了的猴子的胎儿吧。灾难再轻，也得来上个晒干了的哈士蟆。我悄悄一看，他一手端着碗，从里面抓出腌过了头的米糠腌萝卜。

"而且是没有切碎的萝卜。一根萝卜大概切成了三条，粗粗的，横叼在嘴里就吃开了。

"妇人也许因为确实感到棘手，偷偷地看了我一眼，飞红了脸，显得那么天真。按说她不是这么腼腆的人，却羞羞惭惭地用膝上的手巾的一角捂住了嘴。

"难怪少年像米糠腌萝卜那么黄，又那么胖嘟嘟的。他轻而易举地就把食物吃光，也不要杯开水喝，只是吃力地朝着那边呼呼吐气。

"'是这样，我心里堵得慌，一点胃口也没有，回头再吃吧。'

"妇女连筷子也没拿，就把两个食案撤掉了。"

二十一

"妇女无精打采地坐了半晌。

"'师父一定累了，马上安排您睡觉吧。'

"'谢谢，我还一点都不困呢。刚才洗了个澡，疲乏完全消除了。'

"'那水，什么病都能治。哪管我累得面容枯槁，成了皮包骨，只要在那里泡上半天，就又精神抖擞了。往后到了冬天，山里就整个结冰，河面和悬崖也统统被雪覆盖了。但是只有您冲过澡的那个地方还露着水，而且冒着水蒸气。

"'师父啊，被子弹打伤了的猴子啦，摔折了脚的鹭鸶啦，种种鸟兽都到这水里来泡。它们在悬崖上甚至走出了一条路哩。准是有灵效吧。

"'您要是不那么累，就跟我这么说话吧。我寂寞得厉害。真是难为情，住在这样的山里，只觉得连话都忘记怎么说了，心里感到发慌。

"'师父，您要是困了，请不要客气。没有专门的卧室，不过，一只蚊子也没有哩。镇上的人嘲笑上洞的老乡，说他们去做客的时候，给他们挂上蚊帐，他们不知道该怎么进去，竟大声嚷着要借梯子使使。

"'即使您早上贪睡，也听不见钟声，没有鸡叫，更没有狗，心里会觉得踏实的。

"'再说我们这一位也是出生后就在这座山里长大的。他虽然什么都不懂，性情却很温和，丝毫也用不着为他劳神。

"'要是来了装束特别的人，他也知道恭恭敬敬地鞠躬，但还不会打招呼。近来大概浑身无力，变懒了。不，他一点也不傻，心里全都明白。

"'喏，向师父打个招呼呀。哎呀，忘记该怎么鞠躬了吗？'

"妇女亲密地偎依着他，盯着他的脸，高高兴兴地说。白痴便晃晃荡荡地双手扶席，像是发条断了一般，把身子乍然一弯,鞠了个躬。

"我心里憋闷得厉害,'唉'了一声,低下头去。

"白痴大概弯下身的时候失掉重心,差点儿横着摔倒。妇女温柔地搀起他来,用佩服的神色说:

"'噢,真好。'

"接着又对我说:

"'师父,我认为只要吩咐他,他什么都会做。但他的病,不论大夫还是那水,都治不好。他是个瘫子,不论让他记住什么,也没用处。而且您瞧,连鞠个躬,看上去都那么吃力。

"'要是教他点什么,学起来一定很费力气,太辛苦了。我觉得那样只是一味地折磨他的肉体,所以什么也不让他做。慢慢地,他就忘记该怎么用手做工,也不会说话了。可是他依然会唱山歌,至今还记着两三首。喏,唱一首给客人听吧。'

"白痴看看妇人,又直勾勾地盯着我,好像认生,摇摇头。"

二十二

"随后,妇人又是鼓励,又是哄啊劝的,白痴就歪着脑

袋,摆弄着肚脐眼唱开了:

> 木曾山岳深,
> 夏天真凉爽。
> 送君夹衣裳,
> 布袜也莫忘。

"妇人洗耳恭听,莞尔一笑道:

"'记得很熟吧。'

"不用说是听这故事的你了,就连我也出乎意料。真是不可思议,他的声音跟我预料的有天壤之别,云泥之差。声调抑扬顿挫,非常好听,气贯长虹。首先,那圆润、嘹亮的声音压根儿不是从那个少年的喉咙里发出来的。听起来像是那个白痴的前身,从冥土之下用管子送到他那鼓鼓的肚子里去的。

"我端坐在那儿听完后,依然双手扶膝,怎样也不能抬头看这对男女,感动得不觉扑簌簌流下泪来。

"妇人好像立即发现了。

"'哎呀,您这是怎么啦?'

"我一时说不出话来。我没有细讲因为什么,只是感慨很深,好容易才说了句:

"'唉，不，没什么特别的事。我不打听小姐的事，您也什么都不要问我。'

"说实在的，我早就看出了这位丰腴妖艳的人儿，倘若金钗玉簪，蝶衣珠履，完全可以进入骊山[1]，与陛下相拥抱。我虽是局外人，看到她对男人照顾得如此体贴入微，不禁流下泪来。

"妇人却明察秋毫，顿然悟道：

"'您真是个心地善良的人。'

"她眼睛露出难以形容的神色，凝眸看着我。我低下了头，于是她也脸朝下待在那儿。

"'哎呀，座灯好像又暗了。恐怕得怪那个白痴。'

"这时……

"我们无言以对，沉寂了一会儿。那位唱山歌的太夫[2]百无聊赖，大概发闷了，打了个大哈欠，几乎把脸前的座灯都吸进去了。

"他晃来晃去。

"他好像不知道该怎样对付自己这身肉，说：

"'睡啵，睡啵。'

---

1 骊山是华清池所在地，这里把这位妇女比作杨贵妃。
2 太夫是对杰出的艺人的尊称，这里戏称白痴。

"妇女说：

"'困了吗？想睡觉啦？'

"她端正了一下姿势，像忽然想起来似的，四下里看了看。户外亮如白昼，月光如洗，射进了敞着门窗的屋内，鲜艳的绣球花也显得苍白苍白的。

"'您也睡吗？'

"'唉，打搅您啦。'

"'喏，我先打发当家的睡下。好好休息吧。离外面近了些，可夏天还是宽敞一些好。我们睡在里屋，您就歇在这宽敞的地方吧。等一等。'

"说到这里，她倏地站起来，匆匆走下堂屋。她的动作太活泼了，乌发打着波浪披散到脖颈上来。

"她按住鬓角，扶着房门，觑起眼睛看看外面，自言自语地说：

"'哎呀呀，刚才一折腾，梳子好像弄掉了。'

"唔，她指的是钻马肚子时的事。"

二十三

这当儿，楼下的走廊传来了脚步声。他是轻悄悄地迈大步走的，但因周围阒然无声，所以听得分明。

过一会儿,他好像解了小手。听到了咯噔地拉开挡雨板的声音,柄勺碰在洗手盆[1]上的声音。

"啊,积得好厚。"

这是客栈老板的声音。

"嘿,若狭的商人大概住在什么地方了[2],可能在做什么好梦呢。"

旅僧扯到别的事情上去了,我急于听下文,就直率地催他讲下去:

"请接着说吧,后来呢?"

"喏,后来到了深夜,"旅僧又讲起来了,"你大概也揣测得到,不论多么累,在深山里的这么一座孤零零的房子里,哪里睡得着呢?起初我有点心事,眼睛清亮清亮的,直眨巴。可是毕竟累得厉害,头脑有点迷糊了,一个劲儿地翘望天空早点泛白。

"开头我漫不经心地盼待钟声早点传来。该响了吧?马上就响了吧?真奇怪,时间早就过了啊。忽然理会到,这种地方哪里会有山庙呢?于是猛地感到不安起来。

"这时已是深夜,白痴入睡后发出的讨厌的呼吸声也听

---

1 原文作"手水钵"。这是盛洗手水的盆,用柄勺浇在手上洗,而不直接在盆里洗。
2 这是旅僧说的话,他在暗示那个商人可能在妓馆过夜了。

不见了，户外却忽然有了动静。

"那仿佛是动物的脚步声。为了给自己吃宽心丸，我起初想：不像是从太远的地方走来的。这里是有猴和癞蛤蟆的地方嘛。我可估计错了。

"过了半晌，那家伙靠近了正面的门，发出的是羊叫声。

"我是头对着门睡的，也就是说，枕头后面就是户外。又过了片刻，从右手的绣球花丛下面，传来了鸟的振翅声。

"像是鼯鼠一样的东西在屋脊上叫。接着又几乎要压住我的胸口般地走过来一个玩意儿，听那动静，足有一座小山那么大。待它一叫，才知道是牛。还有从远处迈着小碎步沙沙沙地跑来的，使人觉得是穿草鞋的两脚动物。形形色色的动物似乎把这房子团团包围起来了，听到了二三十只动物的鼻息、振翅声，还有窃窃私语声。外面，只隔着一层挡雨板，沐浴在月光下的不啻是一幅畜生道的千奇百怪的地狱图，说得上是魑魅魍魉吧，那光景，就像是一大片树叶在唰唰地随风摇曳。

"我屏住了气息。妇女在堆房里被魇住了，呜的一声，深深倒吸了口气，喊道：

"'今天晚上有客人哩。'

"稍过一会儿，她又伶牙俐齿地说：

"'有客人呀。'

"随后小声说:

"'有客人。'

"接着就接连翻了两个身。

"门外那些家伙像是特地吵嚷。房子一个劲儿地晃悠。

"我一心一意地诵起《陀罗尼》[1]来。

若不顺我咒,恼乱说法者。

头破作七分,如何梨树枝。

如杀父母罪,亦如厌油殃。

斗秤欺诳人,调达僧罪犯。

犯此法师者,当获如是殃。

"大风飒飒,卷着树叶,向南刮去。霎时间,万籁俱寂。夫妇的卧室也鸦雀无声。"

二十四

"第二天晌午,在离村子不远的瀑布那儿,我遇见卖

---

[1] "陀罗尼"是梵语,这里指的是《妙法莲华经·陀罗尼品》第二十六。当妖魔鬼怪到和尚所住的地方来作祟时,便念此经以驱邪。

马回来的昨天那个老爷子。

"当时我正在考虑放弃修行，折回那座孤零零的房子，去跟那位妇女一道过一辈子。

"说实在的，一路走来，我不断地转着这个念头。幸而既没有蛇桥，也没有水蛭林，但路不好走，汗水淌得身上也不舒服，无不使我觉得，云游四方真没意思。即使披上紫色袈裟，住在七堂伽蓝[1]里，也算不了什么。被奉为活佛，供吵吵嚷嚷地朝拜，也不过是被人的热气熏得直恶心罢啦。

"我觉得说出来有点那个，所以刚才没有详细说。昨天晚上打发白痴睡下后，妇人又到炉边来，说与其到社会上去受苦，不如留在这冬暖夏凉的溪流旁边，跟她一道过。倘若光是为这个呢，倒像是我着了魔似的，但我有可为自己辩解的理由，我总是在想，那位妇人太可怜了。她住在深山中的那座孤零零的房屋里，和白痴共寝，语言也不通，经年累月的，觉得连话都要忘记怎么说了，这怎么能行呢！

"尤其是今天拂晓诀别时，她悄然说道：'真舍不得您呀。我终老此身，恐怕再也见不到您了。倘若您在什么地方的小溪的水里见到白桃花在漂流，您就只管认为我的身子沉到溪流里，碎成八瓣儿了。'她还好意地提醒我，只要沿着

---

1 七堂伽蓝是宏伟壮丽的寺院。七堂指金堂、讲堂、塔、钟楼、经藏、僧房和食堂。

山涧的这条溪水走，不论走多远，总归是可以进村的。要是看见水在眼前飞溅，变成瀑布倾泻而下，就尽可以放心，附近就有人家了。她一直送我走到回过头来已不见那座孤零零的房子的地方，就替我指了路。

"即便不能跟她结缡，我也可以和她做伴，一早一晚和她说话，就着蘑菇汤吃饭。我烧柴，她上锅，我拾坚果，她剥皮。隔着纸拉门说说笑笑。要是能够再和她在溪流里冲澡，她赤裸着身子，在我背后呼气，把我用奇妙的温馨花瓣包裹起来，那么我即使当场死掉，也心甘情愿！

"正是由于这一点，我一看到瀑布直泻，便再也抑制不住了。哎，至今想起来，还浑身流冷汗哩。

"我精神萎靡，四肢松懈，早已走烦了。尽管已经挨近了人家，值得高兴高兴，但我思忖，至多不过是一个有口臭的老婆子给我倒杯酽酽的茶来招待。我已不愿进村，就跪坐在石头上。眼睛下面，刚好是瀑布。后来听说，这叫男女瀑布。

"正中间突出一块黑色大岩石，头儿尖尖的，活像是张着嘴的鲨鱼。从上面湍急地流下来的溪水，撞在岩石上分成两股，形成四丈来高的瀑布，哗哗地倾泻下来。仿佛是把白布染成暗绿色一样，飞箭般地流向村子。[1] 瀑布分成两股，

---

1 这里指瀑布倾泻而下时是白的，及至向村子里流的时候就成了暗绿色的河。

一股被岩石挡住，有六尺来宽，就像把溪水撕开这么一幅，一丝不乱。另一幅却窄窄的，只有三尺来宽，下面大概岩石累累，恍若把玉帘砸成成百上千条一般，一闪一闪地冲刷着、缠绕着鲨鱼岩。"

二十五

"温柔可怜的女瀑布恨不得冲过岩石抱住男瀑布，但是被岩石隔开了，从头到尾，不用说一条，连一滴水也过不去。她做出一副被折腾得备尝辛酸的姿势。形容枯槁，消瘦憔悴，连流水声都如泣如诉，不同寻常。

"男瀑布却刚好相反，汹涌澎湃，几乎能把石头击碎，将大地凿通。我看着溪流砸在岩石上分成左右两股落下去，感慨很深。女瀑布心碎的那副样子，活像是美女扒住男子的膝头，浑身战栗着痛哭。我待在岸上观看，不禁心惊肉跳。何况水的上游就是昨晚和住在孤零零的房屋里的那位妇人共同浴水的所在。想到这里，只觉得画中人般的妇女的身姿，清清楚楚地浮现在女瀑布当中。接着，她又被卷进水里。沉沉浮浮，随着千条乱水，她的肌肤粉碎了，像是凋落的花瓣。我心里猛然一惊，一眨眼的工夫，脸、胸、乳和手脚又都完好了，或浮或沉，一下子又碎了。我感到愕然，一看，又出现了。我耐受不过，只觉得自己要倒栽葱跳进水，紧紧搂抱住女瀑布。我又理会到男瀑布轰隆隆发出巨响，引起回声，滔滔地滚流着。啊，有这样的力气，为什么不去救她？我豁出去了。

"与其投身瀑布而死，不如回到那座孤零零的房屋去。正因为执迷不悟，我才这样踌躇不决的。只要能够看到她的脸，听见她的声音，即使她和她丈夫同衾时，我并枕而睡也不妨。这样也比淌着汗修行，一辈子当和尚要强得多。我打定主意要回去，就从石头上站起来。这时有人从后面拍拍我的背说：

"'喂，师父。'

"我正想入非非，于心有愧，吃惊地回头一看，不是阎罗王打发来的使者，而是那位老爷子。

"恐怕已经把马卖掉了，没带什么东西。肩挂小包袱，将草绳穿在一条金鳞鲤鱼的鳃里，拎在手上。那鲤鱼长约三尺，新鲜活泼，几乎连尾巴都能甩动。我们两个一时默默相对，老爷子直勾勾地看着我，嘻嘻笑了起来。那不是一般的笑，而是一种瘆人的讪笑。

"'你干什么哪？天儿热得也不厉害，一个出家人，哪儿至于坐在岸上歇着啊。从昨天过夜的地方到这儿才五里路，你要是拼命走，这阵子早就该进村拜地藏菩萨啦。

295

"'你是不是爱上了俺小姐,心里烦恼?哼,甭瞒俺,俺的眼边儿虽然烂了,是黑是白,却看得清清楚楚。

"'要是个普通人,让小姐用手一碰,再被请了去用那水冲澡,那早就失掉人形了。

"'不是变成牛马猴子,就是变成癞蛤蟆蝙蝠,只好无端地飞来飞去,跳跳蹦蹦。你刚从溪流走上来的时候,俺看见你还保持着人的手脚和脸,吓了一大跳。多亏你道心坚定,才得了救。

"'你看见俺牵走的那匹马了吧?你不是说,来到那座孤零零的房子以前,在山路上碰见了富山的一个卖返魂丹的吗?瞧,那个好色之徒早就变成马了,在马市上变成了钱,钱又变成了这条鲤鱼。小姐最爱吃鲤鱼了,晚上下饭吃。你以为小姐是什么人哪?'"

我情不自禁地插进嘴去:

"上人呀!"

二十六

上人点点头,喃喃地说:

"你先听我说呀。原来是这么回事。住在那座孤零零的房屋里的妇女跟我还有这么一点因缘呢。当我快要走进那个可怕的魔林的时候,在发了大水、分出一条岔路的地方,不是有个庄稼汉告诉我,那儿曾经坐落着一个大夫的房子吗?那个妇女就是大夫的小姐。

"走遍飞驒国,当时也碰不见一桩特别的、稀奇的事儿,只有这大夫的小姐令人觉得不可思议。她生下来就像颗玉一样。

"她母亲长着一张大胖脸,眼角下垂,低鼻梁,奶头翘着,令人憎恶。真奇怪,她嗍那样的两只奶,怎么会出落得如此标致呢?

"大家风言风语,说古老的传说里,房脊上被射上一支白翎箭的[1],或是狩猎时给侯爷看中,被召到公馆去的[2],就是那样的姑娘。

"那个当大夫的父亲,颧骨高突,满脸络腮胡子。爱虚荣,为人傲慢。当然,农村收割的时候,稻穗扎进眼睛,尽闹烂眼、红眼、沙眼,这位大夫倒是治了治眼病。然而对内科一窍不通。至于外科,不过是在发油里滴上点冷水,凉凉地往伤口上一涂。

---

1 日本的传说中,神要是看中了哪家的姑娘,就在她家的屋脊上射上一支白翎箭作为记号。
2 日本有不少歌舞伎剧的主题是住在穷乡僻壤的女子被前来狩猎的侯爷看中,成为爱妾。

"只要信,沙丁鱼的头也能价值倍增[1],而且命中不该死的总能康复。此地另外就再也没有竹庵、养仙、木斋了,所以前来看病的相当多。

"尤其是姑娘长到十六七岁时,越发出挑了。虔诚的善男善女、病男病女说:'为了普济众生,大夫家药师如来再世。'就争先恐后地拥来,真是门庭若市。

"是这么开始的。小姐为了对那些每天见面已经混熟了的病人表示关怀,边问:'怎么样,你手疼吗?'边用柔软的手掌给摸一摸。最先,有个叫次作哥的小伙子害了关节炎,经她一摸就手到病除了。她对另一个饮水中毒的说:'你好像挺难过的。'替他揉揉肚子,侧腹的剧疼就此住了。起初光是对年轻男子有灵效,逐渐地,老人以至妇女也被治好了。即使没有痊愈,痛苦也减轻了。这位大夫的本领真大,就连切除身上的疽疮,也是用生锈的小刀来割,当病人痛得打滚,尖声叫唤时,只要姑娘走来,把胸脯紧贴在他背上,按住他的肩,他就能忍受了。

"有一次,黑木蜂在树丛前的一棵枇杷古木上搭了一座大得可怕的窝。

"大夫家里住着个叫作熊藏的二十四五岁的徒弟兼仆

---

[1] "沙丁鱼的头"指无聊的东西,意思是:只要盲目相信什么,就会觉得它有灵效。

人。他不但管配药、扫地擦走廊,还到菜地里挖白薯。大夫到近处出诊时他就充当洋车夫。他知道大夫家吝啬,怕被发现了会挨骂,就偷点稀盐酸兑上糖浆的玩意儿[1],装在瓶子里,把它和紧腿裤、裙裤一道放在橱柜上,有空就喝上几口。这一天,他说去扫院子,便发现了那个大蜂窝。

"他来到廊沿跟前说:'小姐,我做件有趣的事给你看。我冒昧地求你攥攥我的手。我就可以把手伸进窝里抓黑木蜂。你的手触过的地方,被蜂螫了也不会疼的。要是用竹帚去抽,蜂就四下里飞去,黑压压地落在我身上,那就没法对付了,马上就得送命。'姑娘面露微笑,她原是把手放在膝上的,他却硬让姑娘攥住自己的手,然后大踏步走过去。随即听到了骇人的嗡嗡声,及至他走回来时,左手抓着七八只黑木蜂,有振翅的,有甩脚的,也有从指缝儿里钻出半截身子的。

"这个消息就像蜘蛛网似的撒向四面八方,人们说,只要被那位神仙的手摸过,连子弹都打不穿哩。

"从那时起,她大概就自自然然地掌握了妖术。由于某种缘故,她委身于那个白痴,开始在山里隐居。她逐年变得神通广大,运用自如。起初是把身子贴上去,后来光是用

---

[1] 这是治胃酸过少的药,叫作盐酸学。

脚、用指尖就行了。最后，即使隔着一定的距离，只要小姐呼一下气，就能使迷路的旅客改变形状。

"老爷子说到这里，问道：'师父不是在那座孤零零的房屋周围看见猴子、癞蛤蟆和蝙蝠了吗？兔子和蛇原来也是人，都是被小姐浇上溪流的水变成畜生的！'

"唉，这一切都使我想起当时的情景：妇人怎样被癞蛤蟆缠住，被猴搂抱，被蝙蝠吸上一口，以及半夜里怎样被魑魅魍魉魔住。真是感慨万端。

"老爷子又说，现在的这个白痴也是姑娘的声望正高的时候到大夫家来瞧病的，那时还是个娃娃呢。由他那个披散着长头发的哥哥背着，在木讷寡言的父亲陪伴下，从山里找上门来的。他是来治脚上长的那个难以医治的脓疮的。

"他们租了一间屋子住下了。这是个大病，得动手术，流不少血。尤其又是个孩子，得把身体滋补好才能开刀。所以先让他每天吃三个鸡蛋，为了让他心里踏实一些，还给贴上一贴膏药。

"揭膏药的时候，要是由父亲、哥哥或其他人动手，由于疮的结痂连着肉就会嗞的一下都扯下来，白痴就呜呜地哭。可要是姑娘给揭，他就默默忍住。

"说起来，大夫先生是无计可施才以白痴身体衰弱为借口，一天天拖下去的。过了三天，穿着紧腿裤、为人憨厚的父亲膝行着往后蹭,从正门蹭到堂屋,在堂屋穿上草鞋,双手着地央求道:'求求您啦,把俺们二小子治好吧。'随即把大小子留在白痴身边,回山里去了。

"可是病情总也不见好转,不觉过了七天。留下来陪病人的大小子告辞说:'正赶上收割季节,忙得恨不得长着八只手才好呢。看这天气,好像要下雨的样子。要是雨下久了,种在山田里的宝贵的稻子烂了,就只能等着饿死。俺是老大,是家里的主要劳动力,可不能在这儿待下去了。'然后好好说服弟弟不要哭,就撇下病人走了。

"就这样,孩子孤零零地留下来。其实他已十一岁了,在户长[1]先生的本子上,却被登记成六岁。他父亲也许产生了什么误会,以为儿子二十岁的时候,如果做父亲的已六十了,儿子就可以免除兵役,于是晚报了五年。他是在深山里长大的,连本村的话也讲不好。可他天生聪慧,又听话,他一想到开刀时,每天吮的三个鸡蛋都会变成血流掉,就几乎哭鼻子。可是他想道:'哥哥叫我不要哭哩。'便竭力忍着。

"姑娘可怜他,叫他和家里人一道吃饭,他就叼一片腌萝卜,缩到角落里去,真叫人爱怜。

1　1871年颁布户籍法后,由户长负责管理土地、民生等行政事务。

"动手术的前夜,大家都睡下后,在一片寂静中,他像一只蚊子似的嘤嘤饮泣。姑娘起来解手,看见他这样,出于恻隐之心搂着他睡了。

"开刀的时候,姑娘照例从背后抱着他。他淌着黏汗,令人钦佩地忍着挨刀。也不知道是哪里割错了一刀,血流不止,眼看着脸上就变了色,差点儿送了命。

"大夫也吓得脸色苍白,闹哄了一阵。也许是神保佑,好容易保住了命。过了三天左右,血也止住了,可是他终于瘫了,自然就成了残疾人。

"他一边拖着脚,一边可怜巴巴地看着,就像是蟋蟀把被拧掉的脚叼在嘴里哭似的,简直不忍目睹。

"少年最后哭起来了,大夫怕让外人知道,丢面子,就焦躁得恶狠狠地瞪着他。姑娘觉得可怜,抱起他来。他把脸伏在姑娘胸前,缠住她。多年来,大夫不知处置过[1]多少病人,而今却束手无策,交抱着胳膊,呼地叹了口气。

"不久,父亲接少年来了。他说这是命该如此,并没有埋怨。只因为孩子死也不肯离开姑娘,大夫就趁机派姑娘把孩子送回家,好去安慰安慰父兄,借此也可以替自己开脱一下。

---

[1] 这里暗含着大夫因医疗事故让不少病人送了命的意思。

"就这样，姑娘就把孩子一直送到那座孤零零的房子去了。

"老爷子又说：'那时还是一座庄子哪。有将近二十户人家。姑娘住上一两天，被磨得心软了，就逗留下去。到了第五天，下起大雨来。如同翻江倒海，片刻不停，在屋里都得戴箬笠披蓑衣来避。别说修理茅草屋顶了，连大门都不能开。彼此从屋里和隔壁人家喂喂地吆喝着，才勉强知道世上的人还没死绝。在雨里熬煎了八天，简直像是度过了八百年。从第九天的半夜起，刮起大风来。风势猛烈到顶点时，周围忽然化为一片泥海。

"'在洪水中侥幸活下来的是姑娘、孩子，以及当时从村里陪他们一道来的俺这个老爷子。

"'大夫一家人也在洪水中死光了。当地的人们纷纷议论道：在穷乡僻壤，诞生了这样一个美女，恐怕就是改朝换代的前兆吧。

"'正如师父也看到的，小姐弄得举目无亲，无家可归，便留在山里，和那个孩子做伴。打从闹洪水，十三年如一日地精心伺候那个白痴。'

"老爷子讲完后，再一次令人毛骨悚然地窃笑起来。他接着说道：

"'俺把小姐的身世告诉了你，你准会可怜她，想去帮她砍柴汲水吧。你本来是贪婪女色,却假借发慈悲、同情这些名义,越发想回到山里去了。你可别这样做。小姐虽然做了白痴的老婆,过着遁世的生活,却随心所欲地对男人挑挑拣拣,玩腻了,就吹上一口气,把他变成动物。尤其是发大水以来,就有了这么一道穿过山的溪流。这是老天爷赏赐的、引诱男人的奇妙的水,不受诱惑而保住命的男人是绝无仅有的。

"'天狗道[1]也有三热的苦恼[2],小姐要是因三热披头散发,脸色苍白,胸脯和四肢都消瘦下去时,只要到溪流里沐浴一次,就能恢复原来的模样,鲜活得像水葱儿似的。一招手,鱼儿就游过来,拿眼睛一瞟,树上美丽的果子也会掉下来。用袖子一撩就下雨,舒展眉毛便刮风。

"'小姐生来好色,尤其爱年轻的。她大概也跟你说了些什么。如果你信以为真,等她一旦腻了,你就会马上变了形,长出尾巴,耳朵会动,腿也变长了。

"'俺真想让你看看,回头把这条鲤鱼烹调好了,盘腿就着它喝酒的魔神那副样子。

"'不要执迷不悟了,快走吧。你能捡得一条命,真是

---

1 天狗道是愤世而死的法师的阴魂所陷进去的魔道。
2 三热的苦恼是折磨龙、蛇的酷热、恶风、鸟害之苦。

不可思议，恐怕小姐对你格外开了恩。年轻人，你命大，有神佛保佑，严厉地修行吧。'

"老爷子又拍了一下我的背，拎着鲤鱼，头也不回地沿着山路往上边走去。

"我目送着他，他的背影越来越小，消失在一座大山后面。天气热得晒出油来。这时山顶上呼啦啦地冒出云彩来。雷声隆隆，瀑布声都被掩盖住了。

"我像丢了魂似的站在那里，终于恢复了神志。我朝着老爷子消失的方向拜了拜，同时把竹棍夹在胳肢窝里，紧了紧斗笠，掉过身，慌慌张张地一溜烟跑下山去。当我抵达村子的时候，山上已下起瓢泼大雨。我想，老爷子给妇女带去的鲤鱼，也可能因此而活着到达那座孤零零的房子吧！"

关于此事，高野圣僧并没有对我们说教。第二天早晨我们分别时，他冒着雪翻山越岭。我依依不舍地目送着他。只见在雪花飘扬中逐渐爬上坡路的圣僧的身姿，恍若驾云而去。